성종화 시문집

잃어버린 나

한누리 미디어

국립중앙도서관 출판시도서목록(CIP)

잃어버린 나 : 성종화 시문집 / 지은이 : 성종화. -- 서울 : 한누리
미디어, 2008
　　p. : 　　cm

ISBN 978-89-7969-330-0 03810 : ₩8000

한국 현대시〔韓國 現代詩〕

811.6-KDC4
895.715-DDC21　　　　　　　　　　　　　CIP2008003078

고교 재학시절 저자의 모습

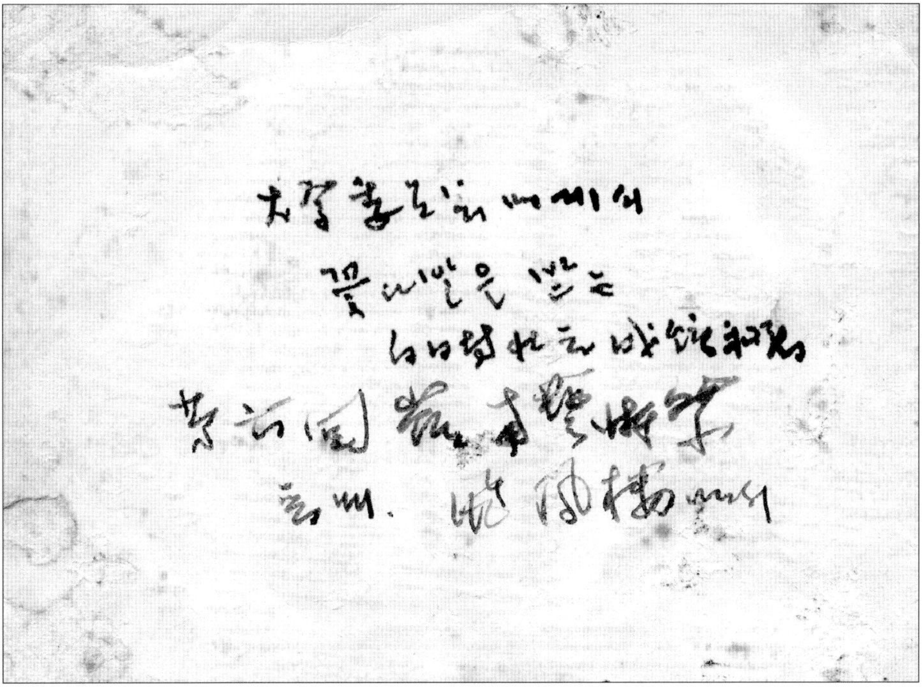

(상) 영남예술제(개천예술제, 1955) 대회장으로부터 한글시 백일장 장원시상을 받는 저자
(하) 시상 사진의 뒷면에 적힌 대회장 파성 설창수 시인의 친필

1962년 군복무를 마치고 제대인사차 파성 선생을 찾아 남강변에서
(파성 설창수 시인(중앙) 왼편은 박용수 시인, 바른편은 저자)

고교 졸업후 한동안 고향시골에
있을 즈음의 저자

책머리에

　『시와 수필』사의 신인 추천을 받으면서 소감으로 '짐짓 그 길(文學)을 외면하고 살아온 지난 세월이 50년이다'라는 자신의 변(辯)부터 뇌어 보았다. 사람에게는 다 지워진 운명의 탯줄을 타고 이 세상에 나와서 그 나름의 각자의 삶의 길을 살다가 어느 날 아무것도 쥔 것 없이 다들 어딘지 모르는 미지의 곳으로 가는 것 아닌가 생각해 왔다.

　이 나이(古稀)에 새삼 뒤를 돌아보고 그 살아온 날들의 흔적이 처음의 기대하였던 그 모습이 못되고 전혀 다른 삶을 살아온 자신을 발견하면서 그 감회가 남다르지 않을 수 없음은 그 자신이 아니고 누가 감히 말할 수 있을까 싶다. 나를 아는 사람들이 기대를 하고 기다리는 것도 시간이 흐르면서 잊혀진 이름이 되었을 것은 너무나 당연한 일이 아닐까. 세상 사람의 일은 그렇게 하면서 관심의 외곽으로 밀려나는 것이리라 생각한다.

　문학의 울타리에서 가출한 기간이 50년이라는 세월이다. 10년이면 강산도 변한다 했는데 그 변함이 다섯 번을 거듭했으니 옛날의 나의 모습을 찾을 수 없음은 너무나 당연하다 해야 하겠다. 오늘 잃어버린 자신을 찾아 나서는 이 기도(企圖)가 어쩌면 다 부질없는 짓이고, 애시당초 안 했어야 할 일이었지 싶기도 하다. 그런데도 세상은 행여나 하여 옛집을 찾아오는 이 가출아(家出兒)를 반겨서 말석 빈 자리 하나

마련하여서 작은 잔칫상을 차리게 해 주니 이 또한 세상 사는 맛을 새삼 느끼게 하는 것 아닌가 싶기도 하다.

청록파(靑鹿派) 시인의 뒷내음을 맡으면서 내 나름의 시(詩)의 길을 찾아 나서려던 그 시절의 시편(詩片)들이 먼지를 쓰고 책장서랍 한 구석에 용케 남아 있어서 그 시편들과 그리고 그 시기에 그 시편들과 연유가 있는 수필을 엮어서 시문집(詩文集)을 내어 보겠다는 언감생심(焉敢生心) 마음을 가져 보게 되었다. 마음만 그러했지 거울에 비쳐진 자화상(自畵像)은 귀밑에 흰 서리가 얹힌 늙은 소년의 초라한 모습 바로 그 것이었을 뿐이다.

이런 마음을 갖게까지 내게 잠자고 있는 글 쓸려는 마음을 깨워 준 '시와 수필사' 발행인 강천형님, 그리고 나와 진주중·고교를 동문 수학한 평론가 청다(靑多) 이유식님의 격려와 조언, 거기에다 발문(跋文)까지 써 주고, 이 책이 나오도록 주선까지 해 준 그 우정은 내가 마지막 가면서 지고 가야 할 짐이 되게 되었다. 그리고 이 책을 어려운 여건에서도 흔쾌히 출판을 맡아주신 한누리미디어 김재엽님에게도 감사를 드린다.

2008년 가을이 오는 길목에서

저자 글 쓰다

시(詩)부 · 1
꽃 지는 마을에 서러운 전설이 진다

시(詩)부 · 2

자화상

산문부 · 1
읽어버린 '나'를 찾아서

산문부 · 2
외갓집으로 보낸 개 이야기

꽃 지는 마을에
서러운 전설이 진다...

시(詩)부 · 1

선인장(仙人掌)

화려한 장미도 아닌
순결한 백합도 아닌

잎도
가지도 볼 수 없는

무미(無美)한 둥치에

가시 돋친 험상궂은
사나이 꽃.

*1953년(진주중 3년 재학중) 진주고교 문화체육제전 문학부문 1등 당선

추석(秋夕)

뒷산에는
밤나무도 있고 감나무도 있었다.

아버지 손목에 이끌려
할아버지 산소에 가는 길에
아버지는 작은집 할아버지 '변소'에 들어가시고

나는
색동저고리 입은 또래들과 뒷산에 올라갔다.

붉은 감 가지를 꺾어 들고
조끼 주머니가 터지도록 밤을 넣어 가지고

(주) ; 국정국어교과서 「중3. 우리들의 작품」으로 선정 등재됨.
국정교과서에 등재된 작품에는 '변소'가 '뒷간'으로 표기되었음. 당시 시를 쓰
면서 '빈소(殯所)'로 표기할 것을 '변소'로 내가 그 어휘를 정확하게 모르고 잘못
표기한 것을 교과서 편찬과정에서 변소(화장실)보다는 '뒷간'으로 고치는 것이
이 시의 이미지로 보아 좋은 표현으로 생각하고 정정을 한 것 같음.

벌이 왕왕거리는 알밤나무 가지에 걸터앉아

마치
작은 짐승처럼 파아란 하늘을 보았다.

*1953년(진주중 3년 재학중) 월간 『학원』 12월호 입선

추석 · 2

할아버지 산소로 가는 길은
바위 너더럭 밭이었다.

어떤 문둥이가
약수(藥水)에 씻고 나았다는
옹달샘에는

전설이
파아란 이끼를 입고 있었다.

햇볕어린
나무 가지 끝에
산새 한 마리

고요한 산골짜기를 보고 울었다.

*1953년 9월(진주중 3년 재학중)

허수아비

산 꿩의 울음소리가
골(谷)을 울리는 정오에

벼 이삭 익어가는 논에는
허수아비 포수가 서 있다

빠알간 고추잠자리
허수아비 어깨 위에서 졸고

참새 떼가
저 들녘으로 날아가는데

솔개 한 마리는
언제까지 하늘에 점을 찍은 듯

어느 새를 먹이 사냥을 하려나
아래를 향하여 겨누고만 있네.

*1953년 10월(진주중 3년 재학중)

오월

바다가 파아란 하늘을 이고 살 듯
나는 탱자 꽃 피는 오월을 지니고 싶다

가만 가만 가지마다 싹이 돋고
오월의 풋풋한 냄새가 어리면

가는 혈맥(血脈)으로 푸른 오월이 통하고
그저 그리운 마음이 구름처럼 부푼다.

그만 흙이라도 되고프고
파릇한 싹이라도 한 포기 내고 싶다.

바다가 항시 푸른 하늘을 이고 살 듯
나는 탱자 꽃 피는 오월을 지니고 싶다.

*1954년(진주고교 1년) 월간 『학생계』 5월호 입선

달밤

포르스름한 달빛을
창가에 받고
밤이 말없다

섬돌 밑에서는 귀뚜라미가
하얀 소복(素服)을 하고 울고⋯⋯

문을 열고 뜰에 나서
흰 달을 머리 위에 이면

옹달샘에 떠 있는 물을
바가지로 뜨고 싶어진다.

이런 밤
나는 샘물에 목욕을 하고
푸른 꿈이라도 엮고 싶어⋯⋯

*1954년(진주고교 1년) 월간 『학원』 5월호 입선

사촌(沙村)의 밤

사촌(沙村)의 밤은 푸르다

나 홀로
창에 기대고 섰노라면

달밤
푸른 길 위에
기다려지는 마음

다정한 얘기라도
나누고 싶은 밤인데

창밖에는
여태 기다리던 발자국 소리가 들린다.

돌아볼까
아니
그냥 이대로 은근한 마음을
지닌 채 있고 싶다

뜰에는
가득 쌓인 가랑잎

그 위로
또 지는
나뭇잎 소리……

*1954년(진주고교 1년) 월간 『학생다이제스트』 6월호 입선

꽃 지는 마을에 서러운 전설이 진다

꽃 지는 마을에 서러운 전설이 진다

아카시아 꽃 잎
하늘하늘 내리는 언덕길에
내 가만히 서면

사뿐히 어깨 위로 꽃잎이 내린다.

서러운 전설이 진다

(주) ; 위의 시가 쓰여질 당시의 학원 문단의 이야기다. 그 시기에 제주 오현고교 학생으로서 같이 시를 쓰고, 그 뒤 영화평론가가 된 김종원 씨가 당시의 학원문단의 활약상을 소재로 남긴 글이다.

"마산고등의 이제하가 서울의 경복고등 유경환의 글월을 받고 쓴, 〈청솔 푸른 그늘에 앉아〉(제1회 학원문학상 우수작)는 훗날 국정교과서에 실릴 만큼 수준 높은 작품이었다. 이에 못지 않게 초창기 '학원문단'을 빛낸 시들로는 김동기의 〈기(旗)〉를 비롯하여, 구석봉의 〈백년 후에 부르고 싶은 노래〉, 황동규의 〈어머니〉, 그리고 성종화의 〈꽃 지는 마을에 서러운 전설이 진다〉 등이 있다. …(중략)… 〈꽃 지는 마을에 서러운 전설이 진다〉는 수정같이 맑은 서정이 각각 매력을 주었다."

저고리 품에 간직해 오는
시집(詩集)을 펼치고

또 한 수 아쉬움을 적어야 한다.

한 잎 어깨 위로 꽃잎이 내린다.
파아란 하늘로 서러운 전설이 진다.

*1954년(진주고교 1년) 월간 『학원』 9월호 입선

샘물

샘에는
티 없는 하늘이
물속에 빠졌다.

흰 구름이
노를 저어간다.

바가지를 든 소녀가
하늘이 흐려질까 봐
물을 긷지 못한다.

*1954년(진주고교 1년) 월간 『소년세계』 9월호 입선

(주) ; 원래의 발표된 시 셋째 연 "바가지를 든 소녀가/ 언제까지고/ 샘가에 서 있
다."를 "바가지를 든 소녀는/ 하늘이 흐려질까 봐/ 물을 긷지 못한다."로 바꾸어
보았다. 샘물에 떠 있는 고요한 하늘과 구름을 바가지를 넣어 흐트러 버리지 못
하고 서 있는 외형(外形)의 소녀보다는 "하늘이 흐려질까 봐/ 물을 긷지 못한다"
로 소녀의 내심(內心)에 한 발 더 다가가고 싶은 생각에서 바꾸어 보았다.

달밤 · 2
― 이 글은 고향에 계시는 어머님께 드립니다

하숙방
창살에 달빛이 푸르다

고향 편지 쓰던 손을 멈추고
살그머니 문을 열고
밤하늘의 달을 쳐다본다

그리운 고향 생각으로
하얀 종이 위에
두견의 울음이 뚝뚝 지는 사연을 적는다.

이 사연 받아 가슴에 안고
홀어머님은 저 달을 바라보며
얼마나 눈물을 흘리실까

달아
지금은 정든 초가집 툇마루 끝을
너는 비치고 있으리라

두견이 · 우는 밤이면

정든 옛집 봉창에는 외로운 그림자
풋담배 연기에 보이다 흐리다 하리라

어-머-니
불효자는 이 밤도
나즉히
당신을 불러 봅니다.

*1954년(진주고교 1년) 월간 『학원』 10월호 입선

달밤 · 3

달빛이 창에
고여서 출렁인다.

오동(梧桐)나무 꽃
지는 밤

머언 마을로는
강물이 흐르고—

초가 지붕 위의
박꽃은

달을 보면서
희어져 가고

이런 밤에는

나는
작은 풀벌레가 되어
서러운 시(詩)를 엮는다.

*1954년 8월

국화(菊花)

무척 높은 하늘 아래에
국화가 피었다

마알간 가을 바람에
국화가 가만히 흔들리운다

국화 아래에
가을을 베고 누우면
가슴이 높다

국화가 피어난 밭으로
서러운 가을 강물이 흐르고

내가 강물에 서서
국화 꽃잎을
가만히 입술에 문질러 띄운다

서러운 가을을 띄운다.

*1954년(진주고교 1년) 개천예술제 3석(次下) 입선

가을이 오면

초록 옷차림한 아가씨 살던 마을로
소복(素服)을 하고 내가 가리라

계절을 따 먹고 익은 풍성한 열매처럼
하얀 옷으로 말쑥이 소복을 한 내가
박처럼 익은 맘을 지니리라

은행잎 노오랗게 물든 잎새들이
하늘하늘 떨어지는 언덕길에 서서
사뭇 눈매가 푸른 나……

안으래야 멀기만 한
코발트 색 계절의 하늘을 우러러
파초의 꿈을 안고

서러운 시(詩) 한 수 아쉬운 사연처럼
남겨두고 훌훌히 떠나는
계절

가을이 오면

익은 열매 같은 맘을 지니고
초록 마을로
하얀 소복(素服)을 하고 내가 가리라

*1954년(진주고교 1년) 월간 『학생계』 12월호 입선

수선화(水仙花)

귀뚜리가 철(季節)을 모르고
달만 밝으면 서러워 우는 이곳 강변은

한밤을
저렇게도 섧게 우는 두견이가

하이얀 모래 위에
빠알갛게 피라도 토할 듯하답니다.

달밤에는
해시시 웃으며 벌어진다는 연꽃……

(주) ; 위의 시는 진주여고 1년 하계진으로 발표되었다. 하계진은 나의 어머니 이름이다. 이 시가 입선작으로 발표된 후 진주여고에서 발표자를 찾으려고 했었다는 이야기를 그 당시 문예활동을 하면서 만나게 된 그 학교 문예반 학생으로부터 들었으나 모른 체해 버렸다.
위 시의 선자(選者) 시인 장만영 선생의 평. "회화적(繪畵的)이요, 동화적이다. 첫째 연에서 끝 연까지 시상(詩想)을 무난히 이끌어 나간 수법이 용하다. 하지만 너무 조용한 호흡만을 느끼게 되는 것이 어딘가 불만스럽다."

포근한 밤이
어느 연못에서는 초승달이 빠지고 연꽃이 피는
사뭇 차가운 사랑이 있을 듯도 하답니다.

오늘 밤은
마음의 창에 심어두고
밤마다 가꾸어 오던
내 성(聖)스러운 수선화에
한 송이 하아얀 꽃을 부려 보겠습니다.

*1954년(진주고교 1년) 월간 『학원』 12월호 입선

애가(哀歌)

― 세 살 난 조카 가던 날에

저문 꽃길에
너를 보내고

풀잎을 지긋이 씹으며
먼 하늘을 우러르면

가슴으로는
서러움이 강물이 되어 밀려온다.

너를 생각하며
한 밤을 새워
박꽃처럼 하얗게 울어 주마

복사꽃 밭에
구름이 흐르듯
너는 가고

내가 풀잎을 지긋이 씹으며
먼 하늘의 별을 우러러본다.

나는 지금 한 장의 사진을 보고 있습니다. 복사꽃이 구름처럼 핀 가지. 그 가지에 봄 하늘도 걸렸습니다. 어린 소년은 봄 언덕에 서서 이제 저무는 하늘을 바라보고 있습니다. 지난해 어머니 품에서 흙발로 산을 넘어간 나의 세 살 난 조카라 해도 좋겠습니다.

*1955년(진주고교 2년) 월간 『희망』 12월호 게재

오월 · 2

순(順)아
오너라

너랑 나랑
어깨를 나란히 하고
오월의 호수로 가자

꿈처럼 파란 하늘을 이고
연록색의 나무 잎들이
미풍에 춤추는 호수로 가자

우리
옷을 훨훨 벗어 버리고
고요한 호숫가 언덕에 서자

거기
호수 물 속에는

뿔이 향기로운
두 마리 사슴이
오월의 하늘가에 서 있을 게다.　　　　*1955년 5월

소녀와 오월

오월이 돌아오면
소녀는 홀로 언덕으로 올랐다

오월은 소녀의 가슴에
오-래 묻어 온 그리움의 고향

탱자 꽃이 피는 오월이
아카시아 꽃이 피는 오월이
소녀의 마음이 구름이 되어
꿈꾸듯 날았다.

오월이 지는 날에는
아카시아 꽃잎이 지는 언덕에 나와 앉아서
하아얀 구름이 흘러가는
봉(峯)너머 파아란 하늘을 보았다

오월은 언제나 소녀에게는
오월을 맞이하는 언덕에서
오월이 져 버리었다.

*1955년(진주고교 2년) 월간 『학원』 5월호 입선

자화상

절(寺)

등꽃이 지는 오후였다

탑이
바람을 머금고

또
풍경(風磬)은 울었다

배암처럼
내가 탑에 기대어
희어 가는데

마치
노을에 취해 모란이 지듯
가슴으로는 전설이 진다

탑에 구름이 걸렸다.

*1955년(진주고교 2년) 월간 『학원』 9월호 우수작 입선

(주) ; 당시 이 시를 『학원지』에 선정한 김용호 시인의 평.
"우수작. 조용한 등꽃 지는 오후의 절의 풍경이 눈에 선하게 보이는 작품이다. 한
폭의 그림같이 깨끗하고 맑은 시다. 말을 이만큼 아껴 쓰고, 표현에 이만큼 능란
하다면 어디 흠잡을 곳이 있으랴."

탑(塔)

강물이 천년을 흐른다.

탑이
바람 속에서

세월에 묻어서
이끼가 파랗다

낙엽이 지듯……

어느 하늘 아래에서는
종이 울었다.

내가
탑에 기대어
종일(終日) 가슴을 앓는데

낙엽은
뜰을 쓸어 가고

차라리
그것은
강물이 되어 흐르는 소리다.

*1955년 11월(진주고교 2년)

자화상(自畵像)

스스로가 나를 찾지 않으면 안 된다는 것은
확실히 슬픈 현상(現狀)이 아닐 수 없다

어느 날 나는 회진(灰塵)된 초토(焦土) 위에서
거울 한 조각을 주워 푸른 하늘을 담고
처음으로 나를 발견하는 순간을 가졌다

내 투명(透明)하지 못한 동공(瞳孔)에서는 무엇인가 늘
부족한 짐승 같은 그러한 것을 발견해야만 했다

내 이마에는 여드름도 두셋 솟아 있다

아침 저녁으로 두 끼 빵이라도 먹어야 한다는
현실을 나는 거울 한 조각 속에서 읽어야 한다.

나는 이 깨어진 거울 속에서 푸른 하늘과
마주선다는 것은 얼마나 슬픈 현실인지를
가슴 아프게 또 느끼지 않으면 안 되었다

나는 내가 처음으로 하늘을 반역(反逆)한 자였고

또 무한(無限)이라는 힘을 믿지 않았다

그것은 내가 열여덟 해 동안 무서울 만큼
지켜 와야 하던 진리(眞理)였다.

*1955년(진주고교 2년) 개천예술제 한글시 백일장 장원(壯元)

(주) ; 『학원』에 발표된 작품집《시의 고향》서문에 시인이며, 영화평론가인 김종원이 쓴 글이다. 「……그때 우리는 비봉루의 '한글시 백일장'에 참석했었다. 경남 일대는 말할 것도 없고 멀리 서울에서까지 모여든 이 예술제는 명실 공히 전국적인 행사로 인식되고 있었다. 백일장에 참여한 학생들의 면모도 만만치 않았지만, 서울에서 내려온 심사위원들 역시 김광섭, 모윤숙, 이하윤 등 그 이름이 쟁쟁하였다. 제시된 백일장 제목은 '자화상'이었다. …(중략)… 긴장된 분위기 속에서 심사결과가 나왔다. 장원 성종화(진주고), 2등 김성택(필명 : 김병총. 마산고), 3등 김종원(제주 오현고), 4등 이제하(마산고), 5등 허유(진주고) 순이었다. '학원문단' 출신들이 모두 상을 휩쓸었다.」

코스모스 밭에서

가을이 우물 속처럼 깊은 오후

코스모스 밭에 누워서
친구가 보낸 글을 읽는다.

높은 하늘 아래에
맑은 가을바람을 머금은 코스모스는
슬픈 이야기

낙엽에 묻힌 호수 위로는
가을밤 달이 뜨듯

바람결에 흔들리는
엷은 의상(衣裳)처럼

코스모스 꽃잎이 물위로 흥건히 뜨면서
잦은 파문이 인다.

코스모스는
여인처럼 제 서러움에 겨워 흐느낀다.

내가
코스모스 꽃 아래에
빈 가슴으로 누워 있다.

*1955년(진주고교 2년) 동인지 『상록(常綠)』 게재

돌담길

이끼 낀 돌 틈으로
민들레 피고

등꽃이 지는
윤사월(閏四月) 하늘가에
구름은 흐르고

칡넝쿨 엉킨
돌담길 아래
옹달샘 하나

뉘 정(淨)한 손이
움켜 마시고 간 샘물에
흰 치마
바람에 흩날리나

아
한낮
하얗게 깔린 햇볕 아래로

순(順)아
네가 걸어간 길은
민들레가 핀 길.

*1956년 5월(진주고교 3년)

들찔레꽃

향(香)이 진하여
지나는 걸음을 멈추어 서게 하고

어디서 나를 부르는 소리인가 하여
뒤돌아서서 두리번거리면

돌담 풀섶 한 쪽에서
하얀 손으로 날 부르는 손짓이 있네.

거기
오월의 한 나절이
햇살에 눈이 부시어 희게 웃고 있네.

허기가 진 순(順)이는
흰 허벅지 내놓고 앉아서
찔레 꽃순을 꺾어서 먹는데

저만치
산을 넘어서
긴 봄날이 가고 있구나.

*1956년 5월 (진주고교 3년)

꽃

모두를 잃어버리고

꽃은
화냥년이 천벌(天罰)을 받아서
속(心)부터 불이 붙은 것인가

욕(辱)된 삶을 살아온
가시내들의 시기(猜忌)가 가시로 돋아나
피로 엉켜서 꽃으로 핀 것인가

전쟁에 많이 죽은 가시내들의 그 영혼이
모두 꽃으로 피어서
가슴이 빨갛게 타들어 가는 것인가

청산이 밤을 새우며 슬프게 울고 간 뒤
그 터에서 꽃은 피면서부터 가슴을 앓고 있는 것인가.

꽃이 지는 하늘 아래서
내 영혼도 한 이파리 꽃잎으로 져야 하는가.

*1956년 9월(진주고교 3년)

촉(燭)

촉(燭)은
스스로를 태워서 끝내 마멸해 버린다.

촉에는
천년 고가(古家)의 곡(哭)소리가 들린다.

창황(蒼惶)이 하늘을 향하고
소복한 여인은 한(恨)이 강물이 되어 흐른다.

이 밤은 창에 달이 지는데……
이제는 죽은 이 그리워서 울어울어 밤을 새우는 너.

파아랗게 이끼를 입고
아득히 돌아오는 세월에 서서 누구를 애타게 기다리나.

모-든 것은 스러져 다 돌아가고
홀로 마지막 찬란히 우는 종소리 들으며
너는 천치(天痴)로 피는 꽃.

촉(燭)아

슬픈 옛 가락마다 파란 별이 지고,

눈을 감으면
빈 대(臺)에는
무수히 무수히 지는 사념(思念)들

촉(燭)이 지는 밤은 꽃잎이 진다.

*1956년 10월(진주고교 3년)

월광곡(月狂曲)

달밤. 춤을 추려느뇨. 달이 가슴으로 스미어 스미어 가시나는 지새우는 정(情)에 치마끈을 풀어 달빛 아래 제가 저를 보는 부끄러움에 가만히 몸을 꼬아 춤을 추느니.

고성(古城)에 달빛이 쪼개어져 풀잎 끝 바위 사이사이 흐르는데. 유방(乳房)은 달빛에 어려서 복사 볼 지우듯 스러지는 젖빛 엷은 부끄러움이여.

달 그늘 밟고 고목으로 돌아 사라지듯 되돌아 춤을 엮는 달빛처럼 달빛처럼 흘러오는 그림자. 그림자에 그림자를 밟고 사뿐히 선(線)을 지우는 어깨너머 푸른 하늘아.

천고(千古)에 달을 보고 피울음 우는 두견(杜鵑)이 서러 서러 서러 나뭇가지 가지 달빛에 어려 하아얗게 흐느끼는데. 이 밤이 무수한 생명의 나체(裸體)들이 뼈도 혼(魂)도 없는 듯이 춤만 추려느뇨.

달밤. 춤을 추려느뇨. 저고리도 치마도 벗어 버리고 하얀 나체(裸體) 그대로 제가 저를 보는 부끄럼에 취(醉)해 고성(古城)에 한 밤을 춤만 추려느뇨

*1956년(진주고교 3년) 동인지 『연륜(年輪)』 게재

설야(雪夜)

이미 개도 짖을 줄을 모르는
숲 속 같은 마을의 깊은 밤에

늙은 할미 물렛돌 베고 잠들어
황토(黃土) 언덕 고개 너머
휘이 휘이 가는 한나절 길에

고옥(古屋) 처마 끝에는
꿈이 푸념처럼 익어 가고
새파란 가을하늘 볕에 바래진 흰 옷섶들이
이리이리 어지럽게 나부끼며 내려와 앉는 것일까

매화(梅花) 등걸 축 휘어진 가지 꽃그늘 밑에서
봄밤 잠을 못 이룬 가시내
앞섶 풀어 헤치는 소리일까.

산에 들에 길에 나무와 나무들 벗은 가지마다에
꽃 이파리들이 무수히 피어서 지고 있는 것일까.

이 밤에 죽은 누이의 꽃 같은 혼(魂)이

편편(片片) 조각으로 설움이 되어서
어쩌면 눈 이파리로 지고 있는 것일까

눈이 온다.
촉(燭)불 하나 빨갛게 타는 하늘가에
아득한 하늘가에
이미 죽은 이들이 소곤거리는 밀어(密語) 밀어
밀어들…… 눈이 내리고 있다.

*1957년(진주고교 3년) 동인지 『시부락(詩部落)』 게재

해동(解冬)

아직도
다 떨어지지 못한 고엽(枯葉)을 보면서

오후를
한 치(尺)나
치반(尺半) 밖에 두텁지 못한 볕살을 밟고
양지를 가려서 땅을 밟아 보면

지금은
십이월

과수(果樹)들은
균열(龜裂)이 진 껍질 속에서
봄을 기다린다.

먼 산을 보고 서면
어디로부터 느껴져 오는

나의 안에
저변(底邊)으로

물기의 형상(形象)이 오고 있음을

밀폐(密閉)된 벽을
마주하고 서면

터져 오는
이
아픔

아직은
십이월

나는 과수원 주변을
돌아서 걸어온다.

*1957년 2월(진주고교 3년)

봄비

눈(雪)이 내리듯
가벼운 바람이 스치며 지나가듯
조용히 가슴으로 젖어 들어오는 소리다.

대지(大地)와
밀어(密語)를 소곤거리며

나무들의 혈관 안으로
그것은
수액(樹液)이 되어 흐르는 소리다.

차라리
지나가 버린 긴 세월의 안으로
대지와 이어지고 있는 소리다.

아니
햇살이 생명으로 돌아오는 소리다

봄비가 내리고 있다.

찬란한 햇살이 되어
내일이 오고 있는 소리로.

*1957년 3월

호수(湖水)

꽃 이파리가 지듯
고요함

정(精)은
비둘기의 가슴

호수의 바닥으로는
가라앉은 구름

전설(傳說)이 묻은
묵은 이끼 입은 바위에는

계절(季節)이
입김처럼 하얗게 서린다.

물장구가 무서운 비밀에
몸부림을 친다.

연륜(年輪)이 감긴다.

내가
멍든 가슴을
호수에 담근다.

*1956년 『영문(嶺文)』 제14집에 게재

병실주변 초(病室周邊抄)

1.
덩그러니 달이 지나가는 창에 이제 가까스로 머리를 들고,
빈 육체를 가누며 밤을 지키면,
집요하게 나의 안에서 번져 오던 환영(幻影)이 허물어지기 시작한다.

2.
그것은 넘치는 해일(海溢)이다.
그 소용돌이는 우람하게 퍼져 오는 메아리다.

3.
내가 당신의 체중을 감당하지 못하여도
당신의 체취(體臭)는
아직은 우리들에게 대화의 면적을 남아있게 하고 있다.

4.
어제 밤에는 꽃나무가 죽었다.
나는 꽃나무의 시체를 인부를 시켜 상여를 만들어 메어 보냈다.
상주(喪主)노 없는 상여를 내보내고……
나는 어지러웠다.
눈을 감아 본다.

내가 지금 상여에 얹혀서 흔들리고 있다.

5.
햇볕이 쏟아져 온다.
어느 날
내 뜰에는
꽃 이파리가 소나기처럼 쏟아져 내리고
나는 햇볕에 하얗게 바래질 것이다.

6.
나는
실오라기 하나 걸치지 않은 알몸뚱이로
혀를 빼어 물고 춤을 출 것이다.
서답처럼 너울너울 춤을 출 것이다.

7.
아까부터 수혈을 한다.
누구의 핀(血)지가 내 팔의 혈관을 통하여
지금 이 순간 체내로 흘러 들어오고 있다.
누구인가의 영혼이 이입(移入)되고 있는 것이다.

메스꺼웁다.
금방이라도 구토를 할 것 같다.

8.

나를 부인해 버리자
일체의 기정사실에서 도피하자
사랑하고 사랑해야 하는 이치를 나는 애시당초 모른다고 하자.

9.

반항하는 기(旗)ㅅ발이다
그것은 함성이다.
아까부터 나의 안에서 축(築)이 무너져 오는 소리다.

*1957년 6월

저녁 노을

먼 곳에서 더 머언 곳으로 가는
빛살은
스스로 불타오르다가
끝내는 소멸되어야 하는가.

간절하게 부르는 당신의 이름은
회색 벽에 부딪쳐
메아리가 되어
저 어둠 속으로 묻혀져 버려야 하는가.

내일 화려한 죽음을 위하여
이토록 아름다운 꽃상여를 메고
이슬 깔린 오솔길을 밟고 간
너

호흡은
잔혹(殘酷)한 영토 위에서
마지막 숨을 거둔다.

아—
피 빛 노을이여.   *1957년 9월

오늘

인정(人情)은
지척(咫尺)인데도
천리보다 더 머나 보다.

사무치는 회포(懷抱)는
안으로만 차고 넘쳐서

억척(億尺) 물밑보다
깊고 푸르다.

생각하면서
안으로 깊어지는
이 정(情)을.

나중에는 빈손으로 돌아 가더라도
내가 오늘을 살고 있으니

마주 보고 서서
생각하는 갈대는

처음을 모르고
종말을 모르는
요동(搖動)이다.

*1957년 11월

임진강(臨津江)

강물이 흐르는 것은
살아서 숨쉬는 산맥을 타고
내려오는 피(血)라서 인가.

강물이 흐르는 것은
한이 쌓여 가슴을 앓아서 인가.

금방
두 동강으로 뚝 잘리어진
가슴 가운데로 철철 흘러서 나려오는
새빨간 피라서
이렇게 푸르고 맑은 것인가.

바라보면
산 산 산

임진강은
어쩌다가 이렇게 접접으로 막힌
산야를 가로 누워서 흐르느냐

지척(咫尺)을 모르는
저 땅을 지나서
강물이라서 무심하게 흐르는 것인가.

어쩌다가
이렇게
숨이 끊어지면서 강물이 되어 흐르고 있는 것이냐.

*1957년 12월

동정(冬庭)

발가벗은 나무들 틈에 내가 서다.

그 나무들 사이와 주변으로
오수(午睡) 같은 희미한 길을 이루고
헤아릴 수 없을 숱한 정념(情念)들은 저물어 가고

간절한 소망의 밭을
맨발로 걸어오는
오후의 은밀한 대화가 거기에 있다.

긴 시간을 기다리면서
<u>스스로</u>
그 주변을 서성이고.

무구(無垢)한 꽃잎을 훑으며
태양의 아래서 목욕을 하면

나무는
오래 참회(懺悔)를 하는 자세다.

깊고 어두운 이 의미의 저변(底邊)에서
다시 올리는 나의 기도여.

옷깃을 여미고
밀어(密語)를 반추(反芻)하는 이 길고 먼 무덤으로
다시 걸어 올 발자국 소리에
귀 기울이면

오후여
하늘이여
바람이여

여기
발가벗은 알몸의 나무들 틈에 내가 서다.

*1957년 12월

산에

산머루 다래가 넝쿨 굽이마다 창창 알이 배는 골에
아침나절엔 소쩍새가 슬프디 슬프게 울어싸었다.

골 하늘 반나절 해가 돌아 이울어 오면
첩첩 바위 틈 풀 잎새들 화사한 햇살에 미역을 하고
산은 제 혼자 가수나처럼 알몸뚱이다.

삥삥 둘러봐야 산은 산인데
봄도 오고 여름 가을도 가니
저 혼자 피고 지는 꽃이래서 고렇듯 빨갛게 피어서 지는 것일까.

사람이 가꾸지 않은 짐승은 짐승이래서 새끼를 치고 기르고
날짐승은 높은 가질 찾아 둥우릴 틀고
여기도 서로 얽어져 살아가는 곳이다.

누구 하나 와서 시끄럽지 않은 여긴 대낮도 물밑처럼 적막하고
도시 숨이 막히도록 외로웁다.
산은 산은 사람처럼 영악하실 않아서 좋다.

*1957년 『영문』 제15집에 게재

산

점점(點點) 푸르게 얼룩지우는
계절이 윤회(輪廻)하는 곳.

조용히 가슴을 모두우면
하늘이 있다.

파란 나무 잎은
종일(終日)을 울고.

움직일 수도 움직일 수도 없다.

모든 것을 햇볕으로 깨끗이 씻자.

산
산
아 —.

치미는 울음은
기(旗)가 바람 속에서
갈기갈기 찢어져 버린다.

*1958년 『영문』 제16집에 게재

잃어버린

'나'를 찾아서...

산문부 · 1

잃어버린 '나'를 찾아서

　얼마 전 나는 '시(詩)와 수필(隨筆)사'가 주최하는 지방의 한 문화행사에 참가하였다. 같은 고교 동문인 K형이 누구를 통하여 알게 되었는지, 내가 고교시절에 문학에 심취하였다는 말을 들었다면서, 글을 써 보라는 권유를 여러 차례 해 왔다. 그 동안 나는 글 쓰는 일과는 너무 먼 분야에서 살아왔기 때문에 이제 와서 새삼스럽게 무슨 글을 쓰겠느냐며 아예 사양을 했다. 그런데도 그는 내가 글을 다시 쓸 수 있도록 여러 가지로 조언을 해 주는 것이었다. 그의 끈질긴 권유가 계기가 되어서 내가 과연 다시 글을 쓸 수 있을까 하는 생각을 하기에 이르렀다.

　그런 생각을 하면서 접근한 분야가 바로 수필이었고, 수필이라면 내가 지금까지 살아오면서 겪고, 느끼고, 생각하던 일들이 소재가 될 수 있지 않겠느냐는 내 나름대로의 생각을 하여 보게 되었다. 나는 습작을 해본다는 마음으로 우선 내 신상에 관련된 일들을 소재로 하여 몇 편의 수필을 써서 K형에게 용기를 내어서 보냈다.

2007년 6월 18일, 내가 K형에게 보낸 수필 원고의 일부인 〈자화상(自畵像)〉, 〈탑(塔) 이야기〉, 〈고향무정(故鄕無情)〉 3편이 당선작으로 선정되어서 이날 K형이 대표로 있는 『시와 수필』사로부터 내 나이 고희(古稀)에 2007년도 신인문학상 수상자 중 한 사람으로서 시상(施賞)석에 앉게 된 것이다.

나는 이날 식장에서 두 사람의 귀한 분을 만났다. 내빈으로 멀리 서울에서 초청되어 온 평론가 L형이 그 한 사람이고, 또 한 분은 소설가 K형이다.

L형은 나와는 진주 중·고교 6년을 동문수학한 동기동창 사이인데도, 서로 기회가 없어서 꼭 졸업하고 50년 만에 그날 첫 만남이 되었다. 우리는 서로 부둥켜안고 기뻐했다.

내가 기억하는 고교시절의 L형은 열심히 공부하는 우등생이었고, 나처럼 문학에 심취되어 시를 쓰거나 소설 공부를 하는 학생이 아니었다. 그렇던 L형이 고교 졸업 후 4, 5년 쯤 지난 뒤인 내가 군복무를 마치고 돌아온 시기쯤 해서 우연히 당시 신인 등용문으로 권위 있는 『현대문학』지에 추천이 완료된 신인 평론가라는 사실을 알게 되었다. 시나 소설분야가 아닌 어려운 평론부문의 추천을 그것도 약관의 젊은 나이에 거쳤다는 사실에 나는 그저 놀라웠을 뿐이었다.

그날 축사를 하는 L형이 시상(施賞)을 기다리고 있는 나에게 우리들의 지난날의 이야기를 하면서 내가 지금의 이 나이에 뒤늦게 다시 글을 쓰려고 하는데 대하여 '늦은 것이 이른 것이다' 라고 격려를 하였다. 그리고 그 뒤 L형은 자신이 최근에 발간한 에세이집 글에 내 이름을 거명한 부문이 있다면서 책을 보내주었는데 내용인즉, 우리가 고교시절 내가 영남예술제(지금의 개천예술제) 한글시 백일장에서 장원(壯元)을 할 때, 자신은 공부나 하는 학생이었다 하고, 대학에 가서 비로소 문학서적을 탐독하면서 본격적으로 문학 수업을 했다는 내용이었다.

그와의 만남이 늦게 다시 글을 쓰려는 나의 앞으로의 인생길에 같이 동행이 되어지기를 마음 간절히 바란다.

그리고 그 식장에서 나는 소설가 K형을 처음 만났다.

나와 비슷한 연령대였다. 머리가 희끗희끗한 그는 나의 손을 꼭 쥐면서 마치 50년 전의 옛 친구를 대하는 듯한 친근감을 느끼게 해 주었다. 그는 일찍이 조선일보사와 중앙일보사의 신춘문예 현상모집에 소설부문과 동화부문이 당선되어 문단에 등단하였으며, 대표작으로 장편 아동소설 《꽃댕기》가 있다.

K형은 나와 중·고교 학생시절 문학을 같이하던 친구인 J형과는 진주사범을 같이 나왔다고 했다. 우리들은 그날 J형의 누님이며 수필가인 J여사의 이야기도 하였다. 그런데 K형은 나를 깜짝 놀라게 하였다. 내가 고교시절 학생문예작품 현상모집에 입선하여 문교부장관 상인가를 받고, 당시 학생잡지에도 게재된 바도 있었던, 〈담〉이라는 제목의 수필에 대한 기억을 하고 있었다.

젊은 시절 짐을 싸들고 이곳저곳 전전하는 과정에서, 어쩌다가 그때 써 모아두었던 원고와 그 원고들이 발표되었던 간행물들을 일부 분실하였는데, 지금 말하는 수필 〈담〉도 그런 사정으로 이제는 영영 찾을 수가 없게 되었다. 나는 앞으로 K형과 더불어 글 쓰는 친구로서 우리들의 우정이 오래 이어져 가게 되기를 바란다.

　그날 나는 선정된 작품의 당선소감에서 "……짐짓 그 길(문학)을 피하며 50년의 세월을 살아왔다. 뒤늦게 이제 어쩌다가 다시 글을 쓰려는 마음을 내게 되었는지 내가 생각해도 모를 일이다. …(중략)… 북으로 돌아가는 기러기가 놀던 연못에 제 그림자를 남기지 않는다(雁渡寒潭에 雁去而 潭不留影)는데, 내가 이제 와서 이 나이에 뒤늦게 살아온 내 삶의 흔적을 남기려는 부질없는 짓을 하려 하는 것 아닌가 하는 생각을 하게 되었다"고 내 나름대로의 넋두리를 하였다.
　그렇다고 지금까지 내가 살아온 삶을 잘못 살아왔다고는 생각하지 않는다. 그리고 이제부터 시작하려고 하는 이 길이 반드시 바르고 지선(至善)의 길이라고도 생각지 않는다. 사람은 다 자신이 택한 지난날의 살아온 삶에 대하여, 그 평가하는 기준이 다를 수 있는 법이다. 내 자신도 지금까지 내가 몸담아 왔던 분야에서 긍지심을 갖고 내게 지워진 책무를 열심히, 성실하게 다하면서 살아왔다고 생각한다. 그리고 앞으로도 그런 자세로 살아갈 것이다. 다만 지금까지의 내가 걸어온 삶의 길에서 또 하나의 새로운 길로 잃어버린 나를 찾아보려고 하는데 작은 의미를 부여한다고 해 두고 싶다.
　나는 이제부터 L형이 말한 대로 '늦었다는 이 순간이 이른(早) 것이다' 라는 생각으로 50년의 세월을 넘어서 초심으로 돌아가 글을 써 볼 생각이다. 시상식 날 만난 두 인연도 나에게 앞으로 든든한 울타리가 되어 주리라 기대를 하면서.

자화상(自畵像)

…… 머언 먼 젊음의 뒤안길에서/ 인제는 돌아와 거울 앞에 선 / 내 누님 같이 생긴 꽃이여.
　　　　　　　　　　　　　　　　　— 서정주의 〈국화 옆에서〉중에서

　얼마 전에 명함판 사진이 필요하여 사진관에 들려서 컴퓨터로 촬영을 하여 현상(懸象)을 해달라고 부탁하고 돌아왔다.

　그런데 다음날 받아 본 사진 속의 주인공은 지금까지의 내가 아니고 인생의 황혼을 맞은 낯선 얼굴이 되어 나를 마주 대하는 것이 아닌가! 젊을 때 언젠가 거울을 보면서 먼 후일 내가 나이가 들어 늙으면 어떤 얼굴로 변하여 있을까 하는 호기심에서 내 얼굴을 관찰한 일이 있었다. 머리숱이 희끗희끗한 데다가 눈 아래에는 비개덩이가 생기고, 눈꺼풀도 처졌을 것이다. 탄력이 있는 피부도 시들은 낙엽처럼 되고 주름이 져 아마 볼품없는 늙은이가 되어 있을 것이라고 상상을 하였다.

지금 나는 어느 사이에 참 많이도 변해버린 나를 응시(凝視)하고 있다. 머언 먼 젊음의 뒤안길에서 이제 돌아와 이 한 장의 사진을 마주하면서 그때 상상했던 나 자신을 보는 순간이 되었다. 얼굴에 나타나 있는 한 꺼풀 피부의 변화만이 아니고 그 살아온 삶의 흔적이 그 사진에 담겨서 전혀 다른 사람으로 나를 대하고 있는 것이다.

사람은 자기의 살아온 지난날을 뒤돌아보고 느끼는 감회(感懷)가 다 같을 수는 없을 것이다. 지금까지 자신의 살아온 인생에 만족하는 삶을 산 사람이 과연 세상에는 얼마나 있을까. 사람은 누구나 자기 나름대로의 크든 작든 회한(悔恨)과 이루지 못한 꿈을 지닌 채로 나머지 남은 삶을 살아가다가 어느 날 각자의 원래의 그려져 있는 운명대로 자신의 삶을 마감(磨勘)하게 되는 것이 아닐까.

내가 지금에 와서 성장기에 그려 보았던 내 자신의 자화상(自畵像)을 여기에 옮겨 놓고, 지금의 나의 모습을 그 위에 투영(投影)시켜 보려는 것도 한갓 부질없는 짓이라 해야 될는지……

　　스스로가 나를 찾지 않으면 안 된다는 것은
　　확실히 슬픈 현상이 아닐 수 없다

　　어느 날 나는 회진(灰塵)된 초토(焦土) 위에서
　　거울 한 조각을 주워 푸른 하늘을 담고
　　처음으로 나를 발견하는 순간을 가졌다

　　내 투명(透明)하지 못한 동공(瞳孔)에서는 무엇인가 늘
　　부족한 짐승 같은 그러한 것을 발견해야만 했다

내 이마에는 여드름도 두셋 솟아 있다

아침 저녁으로 두 끼 빵이라도 먹어야 한다는
현실을 나는 거울 한 조각 속에서 읽어야 한다

나는 이 깨어진 거울 속에서 푸른 하늘과
마주선다는 것은 얼마나 슬픈 현실인지를
가슴 아프게 또 느끼지 않으면 안 되었다

나는 내가 처음으로 하늘을 반역(反逆)한 자였고
또 무한(無限)이라는 힘을 믿지 않았다

그것은 내가 열여덟 해 동안 무서울 만큼
지켜 와야 하던 진리였다

— 〈자화상〉(1955년 개천예술제 한글시 백일장 장원) 전문

　내가 이 시(詩)를 쓴 것이 6 · 25 동란을 겪고 얼마 안 된 진주고교 2년 재학 중인 개천예술제 한글시 백일장에서였던 것으로 기억한다. 그 시절 나는 금방 하늘이라도 찌를 것 같은 기백으로 하루 두 끼 빵이라도 먹어야 하는 현실 앞에서 결코 좌절하지 않으려는 젊음의 처절한 몸부림을 이 시에서 자신의 모습으로 각인시키려 했었다.

　성장기에는 누구에게나 꿈이 있는 법이다. 그 부지개 같은 잔란한 꿈도 살아가는 동안에 현실과 사이에 괴리(乖離)가 있었음을 시간이 훨씬 지나간 다음에야 비로소 깨닫게 될 것이다. 그리고 자신이 그

사이에 어느 정도는 현실과 타협(妥協)하면서 굴절(屈折)된 모습으로 변한 것을 발견하게 될 것이다. 더러는 오늘 나의 경우처럼 너무 변하여 버린 자신을 발견하고 놀라기도 할 것이다.

사람들은 종종 이런 말을 한다. 그 사람 얼굴이 영 못쓰게 됐더라. 그 사람 영 딴 얼굴을 하고 있더라. 이런 말은 본래의 얼굴이 변하여 다른 얼굴이 되었다는 말이라 하겠다. 그렇게 얼굴이 변하였다는 것은 그 사람의 선천적으로 타고 난 운명이 살아오는 동안에 많이 바뀌었다는 의미라고도 할 수 있을 것이다.

타고난 재질(才質)도 제대로 못 펼쳐 보고, 부모 형제로부터 나누어 받아 나온 복(福)도 지니지 못하고 힘들게 살아오고 있는 운명을 생각해 본다. 나는 한동안 거울을 보면서 그래도 내 얼굴에서 처음 타고난 바탕의 심성(心性)만은 잃지 않고, 그대로 지금까지 용케 지키면서 살아 왔구나 하는 생각을 해 보았다. 비록 하찮은 삶이었지만 내 딴에는 때로는 올곧은 고집도 부려 보면서 살아왔다는 긍지도 가져 본다.

대학과정 교육을 이수하지 못했으니 학문을 하여 입신을 할 생각은 처음부터 하지도 바라지도 않았다. 문학을 하여 신변잡기를 엮은 수필 나부랭이 책 한 권도 내지 못하였다. 그렇다고 재(財)를 축적한 것도 아니고, 나보다 어려운 사람들에게 작은 것이라도 베푸는 착한 일도 하지 못하였다. 어영부영 살아온 한심스러운 인생이라고 해야 할 것이다.

이룬 것이 없으면 남길 것이 없을 것은 당연한 법이다. 그래도 지금에 와서 빈손이 허허하여 작은 욕심이라도 부려보고 싶은 이 심사를 어찌 해야 좋을까. 하다 못하여 내 어릴 때 고향 마을에 그 많았던 소나무들처럼 정정하고 깨끗하게 늙어가고 싶다는 소망이라도 가져 보면 안될까. 부질없는 욕심이라고 해야 할는지도 모르겠다.

그리고 앞으로 세월이라는 이 무심한 친구와 의(誼) 상하지 아니 하고 얼마나 오래가 될런지 모르는 동행을 하게 될지도 생각을 해 보아야 하겠다. 그렇게 하면서 삶을 마감하는 날까지 제발 별 탈 없이 가게 되었으면 하는 바람을 가져 본다.

탑(塔) 이야기

산을 좋아한다. 주말이면 배낭을 챙겨 메고 산행을 나서는 일이 요즈음 나의 다반사 생활이 되어 버렸다. 산에 오르면 거기 사찰이 나를 기다리고 있다. 사찰이 앉은 자리는 대개 산의 맥을 잡아 풍광이 수려하고 맑은 샘물이 돌 틈을 흐르고 있어서 땀에 젖은 나에게는 더없는 휴식처가 되어준다.

언젠가부터 나는 사찰에 오면 사찰의 앞뜰이나 뒤뜰에서 탑을 찾는 버릇이 생겼다. 사찰의 현존 건물은 창건 당시의 그대로가 아니고, 대개 그 시기보다 훨씬 지나서 건축된 경우가 많다. 그 사이 화재 등으로 소실되었거나, 이런 저런 사정으로 개축이 되었기 때문이다. 그러나 탑은 그런 경우에도 온전히 남아 있어서 사찰의 역사를 그대로 말해 준다.

사찰마다 서 있는 탑(塔). 등꽃이 피는 봄의 사찰 앞뜰에서 보는 탑,

여름날 뇌성과 번개가 치는 풍우 속에서 의연히 서 있는 탑. 찬 이슬 서리가 내리는 가을 소슬 바람을 받으면서, 그리고 산사에 겨울이 오면 만산에 백설이 가득한 가운데 탑신의 추녀마다 하얀 눈을 이고 서 있는 탑. 나는 탑을 좋아한다. 억겁의 세월 속에서 풍우를 견디며 서 있게 될 탑을 나는 좋아한다.

우리의 역사를 돌아보았을 때 탑에는 애절한 사연들이 많다. 그 많은 한(恨)이 옛 사람들의 가슴에서 가슴으로 이어져 내려오면서 석공의 손끝으로 한 단 한 단 쌓여져서 오늘의 탑이 되었으리라는 생각을 해 본다.

지금 탑을 소재로 이 글을 쓰려니 오래 전에 감명 깊게 읽었던 빙허(憑虛) 현진건의 소설 〈무영탑〉(無影塔)의 아사달과 아사녀의 애달픈 사연이 생각난다. 원래 중생이란 저마다 가슴에 한을 지니고 탑돌이를 한다고 전해 온다. 그날 밤 아사달도 두고 온 아사녀를 그리워하며 석가탑을 돌고 또 돌았을 것이리라.

지난해 가을 아내와 강원도 삼척의 두타산을 산행하면서 하룻밤을 두타산록에 자리한 삼화사 부근에서 민박을 하였다. 새벽녘 산사의 정적을 깨우게 할까 저어하면서 사찰의 앞뜰에서 새벽이 부우옇게 열려올 때까지 탑돌이를 하였다.

조용히 살아온 지난날들을 돌아보고, 우리들의 삶의 마감을 위한 남은 여생의 평온(平穩)을 기원하면서 탑돌이를 하였다. 탑에는 한 많은 사연들이 어쩌면 이끼처럼 묻어서 지나가는 나그네의 발걸음을 멈추게 하고 탑돌이를 하게 하는지도 모르겠다.

나는 유명한 사찰에 조명된 화려한 내력을 지닌 탑보다는 작은 암

자의 뒤뜰 한 편에 서 있는 어쩌면 그냥 지나쳐 버릴지도 모를 그런 탑을 문득 걸음을 멈추고 서서 애정 어린 시선으로 바라본다. 탑은 햇볕에 바래지고 풍우에 씻기면서도 의연히 인고(忍苦)의 세월을 견디며 서 있는 것이다.

얼마 전에 전남 화순지방을 여행하였다. 백제 유민들의 한이 서려 있는 천 불 천 탑으로 유명한 운주사(雲住寺)를 찾았다. 원래는 사찰 건물이 절 입구에 있고, 뒤뜰 여기저기 계곡을 중심으로 산등성이까지 수많은 탑과 불상이 있었다 한다. 지금은 사찰 건물들이 그간의 병화로 소실되고 뒤뜰의 탑이 있던 계곡이 사찰의 들머리가 되어 우리로 하여금 탑의 진열상을 사찰의 입구에서부터 보게 하였다.

이렇게 많은 탑을 그것도 각양각색의 형태로 조각된 탑들을 어떤 연유로 세우게 되었을까 의아스럽게 생각하도록 하였다. 흡사 사찰 뒤편의 계곡 전체가 하나의 불상과 탑으로 된 큰 규모의 탑골 계곡을 연상하게 하였다. 옛 사람들의 얼마나 사무친 한이 이 거대한 불상과 탑을 다듬어 세우는 힘든 역사(役事)를 하고 가게 하였을까. 오늘 탑 앞에 머리를 숙이고 서 있는 나그네의 마음을 한결 숙연하게 한다.

나는 오래 전의 어느 늦은 가을 동해 바다를 끼고 울진 방면으로 가던 중 태백산맥의 한 줄기인 칠보산에 자리한 유금사(有金寺)라는 사찰에 인연이 닿아 들른 일이 있었다. 신라시대에 창건될 당시에는 규모가 상당한 큰 사찰이었다고 한다. 어느 해 홍수로 수십 채의 사찰 건물이 일시에 흔적도 없이 떠내려가고 지금은 산신각 뒤편에 유일하게 탑 하나만 덩그러니 남아 있을 뿐이다.

가을이 저무는 석양에 낙엽은 바람에 흩날리고 풍경은 천년 전의 그 소리로 은은히 울린다. 탑을 보고 선 나그네의 스산한 마음이 한결 허전하기만 하다. 나는 저물어 가는 빈 절터에서 탑을 의지하고 서서 먼 산을 바라보며 하염없는 사념에 젖어 그대로 내가 또 하나 탑신이 되고 있었다.

　강물이 천년을 흐른다.// 탑이/ 바람 속에서// 세월에 묻어서/ 이끼가 파랗다// 낙엽이 지듯……// 어느 하늘 아래에서는/ 종이 울었다// 내가/ 탑에 기대어/ 종일 가슴을 앓는데// 낙엽은/ 뜰을 쓸어 가고// 차라리/ 그것은/ 강물이 되어 흐르는 소리다.

내가 아주 오래 전 고교시절에 쓴 〈탑〉의 시다. 오늘 이 글을 쓰다가 문득 생각이 나서 옛날의 시첩(詩帖)을 뒤적여서 이 글 끝에 적어 넣는다. 사람은 세월이 아무리 오래 지나도 생각은 변하는 것이 아닌가 싶다. 탑신(塔身)에 기대고 선 수 십년 전의 위 시를 쓸 때의 생각이 50년의 세월이 지나고도 지금의 생각과 다르지 않은 걸 보면.

추석 이야기

첫째 이야기

　뒷산에는/ 밤나무도 있고 감나무도 있었다.// 아버지 손목에 이끌려/ 할아버지 산소에 가는 길에/ 아버지는 작은집 할아버지 '변소'에 들어가시고// 나는/ 색동저고리 입은 또래들과 뒷산에 올라갔다// 붉은 감 가지를 꺾어 들고/ 조끼 주머니가 터지도록 밤을 넣어 가지고// 벌이 왕왕거리는 알밤나무 가지에 걸터앉아// 마치/ 작은 짐승처럼 파아란 하늘을 보았다.

　이 시(詩)는 내가 진주중학교에 다닐 때인 1953년 12월호 월간 『학원』 잡지에 입선한 〈추석〉이라는 제목의 시다.
　그 뒤 여러 해를 지난 어느 해 추석에, 성묘를 다녀오는 길에 친척 집에를 들렀다가, 그 집 중3 학생의 국정 국어교과서 우리들의 작품란에서 이 시가 학생작품으로 게재되어 있는 것을 알게 되었다.

오늘이 추석 명절이다. 외지에서 온 애들을 귀경 교통편이 걱정이 되어 일찍 떠나보내고 나니, 집안이 조용하다 못해 허전한 느낌마저 들었다. 지나간 옛날 추석 명절의 생각이 불현듯 나서 묵혀져 있는 오래된 글 스크랩을 뒤적이다가 우연히 이 시(詩)를 발견하게 되었다.

지금 생각하면 얼굴이 붉어질 일이다. 위에 쓴 시의 절귀(節句) 중에 '변소' 라는 어휘가 실은 그때만 해도 사람이 돌아가시면 집안에 빈소(殯所)를 차리고, 옛날에는 3년 상(喪)을 하는 것이 예(禮)가 되어 있었다. 위의 시를 쓴 그 즈음은 대개 1년 상(喪)으로 마쳤던 것으로 기억한다, 아버지가 작은할아버지 댁의 빈소(殯所)에 들어가신 그 '빈소' 를 나는 어린 나이라 '변소' (우리 지방에서는 발음을 실제 그렇게 들리도록 하고 있다)로 잘못 표기(表記)를 한 것이다. 입선작으로 발표된 『학원』지에서는 내가 쓴 그대로 표기가 되었다. 그런데 국정 국어교과서에서는 그 '변소' 가 '뒷간' 으로 바뀌어져 있었다. 교과서의 편찬과정에서 이 시의 전체적인 이미지가 '변소(便所)' 보다는 '뒷간' 이 좋겠다는 생각이었던 것 같다.

지금 이 글을 쓰면서 나 자신도 유치(幼稚)한 나의 졸시(拙詩) 〈추석〉의 분위기로 보아 '변소(便所)' 보다는 우리의 고유풍속의 냄새가 물씬 풍기는 '뒷간' 이 훨씬 좋은 표현이라고 생각한다. 나는 교과서를 편찬한 분들께 그 깊은 뜻에 감사하다는 인사를 늦게나마 드린다.

둘째 이야기

추석은 즐거운 명절이다. '일년 중 더도 덜도 말고 한가위만 하라'

는 말은 일년 중 추석이 제일 좋은 명절이라는 의미로 한 말이라 생각한다.

추석이 가까워 오면 미리 조상의 묘를 찾아 벌초를 한다. 추석날인 한가위 날은 햇곡식으로 정성들여서 조상님께 절사(節祀)를 모신다. 그리고 집안의 제일 윗 어른의 인솔 하에 성묘를 하고 묘소를 둘러보면서, 집안의 내력을 마음에 새겨들어야 한다. 대(代)를 물려가면서 그 내력이 구전으로 전래되어야 하기 때문이다. 이런 명절이 바로 집안의 역사 공부를 하는 기회다.

나는 종가(宗家)집의 맏아들이다. 집안에서는 종손(宗孫)이라고 부른다. 종갓집은 대(代)가 빨리 내려가기 때문에 항렬(行列)이 아래로 내려가 있다. 그래도 종갓집의 종손에게는 어른들부터가 함부로 대하지를 않는 것이 우리 집안에서는 내려오면서 예(禮)가 되어 있다. 그래서 명절 때는 아직 어린 나한테도 다른 내 또래에 비하여 대우가 남다른 데가 있었다.

그런 내가 일을 저지르고 말았다. 그해 추석 묘소 성묘를 대략 마치고 나서의 일이다. 모두가 점심을 하고 집안의 제일 윗 어른이 나를 불러서 건너편 못 안에 있는 묘소(墓所)는 네가 아재(나이는 같은 또래지만 항렬이 아재뻘이었다)들하고 성묘를 다녀오라는 분부를 하셨다. 내가 중학교 1학년 때였던 것으로 기억한다.

우리들은 건너 동네의 못 안에 있는 묘소를 향하여 서다 달려가다 하면서 못 둑길에 이르렀다. 그런데 둑길 위에서 우리가 성묘를 하려 하는 묘소가 환히 쳐다보였다. 그 묘소가 있는 산이 민둥산이어서 곧바로 보였던 것이다. 그 순간 나는 좋은 생각이 번쩍 떠올랐다. 힘들게 이 더운 날 산에까지 올라가 성묘를 할 게 뭐람! 여기 못 둑길에서 할머니(내게 증조할머니) 보고 절하면 된다. 집안 아재들을 설득을 시키니 모두들 좋다고 했다. 우리는 못 둑길에 일렬로 나란히 서서 산 중턱의 할머니 묘소를 향하여 공손하게 두 번 절을 올렸다.

이렇게 같이 일을 저질렀으니 이제 야단을 맞아도 같이 맞는다. 내 또래의 아재들과 그 아래 동생들에게도 입단속을 단단히 시킨 것은 물론이다. 그런데 누군가가 그 말을 일러 바쳤다. 내가 불려가서 야단을 맞기는 했지만, 심하게 꾸중을 하시지는 않았다. '그놈 참!' 정도로 하고 넘겨주시는 것 같았다. 그리고 어른들이 돌아서서는 아마 웃었지 않았나 싶다.

그 뒤 명절 때 그 못 둑길을 지나가는 동네 사람들의 입에서 내 이 날의 짓이 두고두고 이야깃거리가 되었던 모양이다.

어른이 되어 나중에 알게 된 바다. 묘소가 멀리 떨어져 있거나, 아니면 바쁘게 묘소가 있는 그 산 아래를 지나가는 길에는 그냥 지나치지를 않고 이런 예(禮)를 올리는데, 망배(望拜)라고 한다는 걸 알았다. 어쩌면 그때 나는 이 '망배'의 예를 일찌감치 의미도 모르고 하였었구나 생각하면 지금도 빙그레 웃음이 나온다.

작은 인연(因緣)

— 이 글을 고 유경환형의 영전에 삼가 바친다

불가(佛家)에서는 옷깃을 스쳐도 인연이라고 했다. 오늘 아침 조간 신문을 뒤적이다가 시인이고, 언론인이었던 유경환형의 부음 기사를 접하게 되었다. 고인과는 그 사이 서로 내왕이 없었지만 내게 이 아침 부음을 접하면서, 기억나게 하는 작은 사연의 인연이 있다. 사연은 지금부터 40년도 더 이전인 내가 대전에서 군 복무를 하고 있을 때로 거슬러 올라간다.

육군병참학교 신병 접수를 하고 있던 나에게 기억하고 있는 이름의 신상명세서 한 장이 눈에 들어왔다. 내 앞에 논산훈련소에서 1차 훈련을 마치고 특과학교에 입소하기 위하여 분류를 기다리는 신병들의 신상명세서를 보던 중 '유경환' 이라는 이름과 사회경력란에 당시 젊은 지성인들에게 널리 읽히고 있던 『사상계』사 근무로 되어 있었다.

그를 바라보았다. 자그마한 키에 헐렁하게 큰 군복을 입고 있었는데, 얼굴은 볕에 그을려 까맣게 타 있었다. 내가 '유경환!' 하고 호명하자 '넷! 이병 유경환입니다!' 하고 차렷 자세를 취하는 것이 아닌가!

나는 그를 다른 신병들에게 하듯이 바로 분류를 하지 않고, 옆으로 따로 서게 했다. 그리고 그 다음 순번의 입소 신병들을 차례로 모두 분류를 마치는 사이에 그는 내 명찰을 보고 지난날 학생 잡지인 『학원문단』에서 같이 시(詩)를 발표해 오던 사람이라고 알게 된 것 같았다.

5·16 군사 혁명 후였다. 그 당시에는 이런 저런 사정으로 병역 복무를 미루어 오던 고령자들이 많이 입소하던 시기다. 유경환형도 병력 미필자로서 지원 입대를 하였다고 했다.

우리는 그가 육군병참학교에서 교육을 받는 동안에 자주 만날 수 있었다. 그가 이미 같은 대학을 나온 김은숙 씨와 결혼을 하고, 그 사이에 '사라' 라는 예쁜 이름의 딸을 둔 아버지라는 사실도 알게 되었다. 서울에서 면회가 허용되는 주말에는 김은숙 씨가 예쁜 따님을 업고 꼭 면회를 다녀갔다.

그때 김은숙 씨가 나를 보고 애기 아버지를 가능하면 가족 곁으로 부대 배속이 되도록 도와달라고 부탁을 하였다. 마침 내가 그 부대에서 교육을 마치고 배속되는 신병의 부대 배속 분류 업무를 맡고 있었기 때문에 그렇지 않아도 도와줄 수 없을 까 하는 생각을 하고 있던 차였다.

다행히 육군본부 병참감실로 꼭 1명 충원지시가 내려왔다, 유경환형의 교육 수료성적이 우수하여 무리하지 않고, 가족이 있는 곳으로 배속이 되었다. 육군본부로 간 유경환형은 그 뒤 병참감실에서 정훈

감실로 옮겼다는 연락을 해 왔다. 그러면서 이곳 병참학교에서의 교육과정을 밟는 동안에 내게 대한 호의를 고마워하는 것 같았다.

내가 제대를 얼마 남기지 않은 어느 날, 유경환형으로부터 한 통의 서신을 받았다. 제대 전에 서울을 꼭 다녀가라는 내용이었다. 약속한 날 서울역에는 유경환형 부부가 나를 기다리고 있었다. 나를 안내하고 간 곳이 지금 잘 기억을 못하겠는데, 서대문구 창천동 어디인가였다. 『사상계』사의 발행인이며, 당시의 우리들 젊은이들에게 존경받는 장준하 선생의 자택이었다.

그날 알게 된 사실은 유경환형의 부인 김은숙 씨와 장준하 선생의 부인이 자매간이었다. 장준하 선생은 마침 출타 중이었다. 내가 그 댁에서 저녁 대접을 잘 받고 나오는데, 그 부인께서 나를 제대 후 한 달 쯤 고향에 가서 기다리고 있으라는 말씀을 하셨다. 사전에 유경환형 부부가 나를 제대 후 『사상계』사에 근무할 수 있도록 부탁을 해 두었던 모양이었다. 유경환형과 나와의 인연은 여기까지가 전부였다.

내가 제대를 하고 고향으로 와서, 그럭저럭 한 달을 보내는 동안에 국내적으로 엄청난 변화와 사건들이 일어났다. 5·16 군사혁명 후 새로운 정치세력은 구정치인들의 정치활동을 규제하는 정치정화법을 발표하였다. 그 대상자중에 군사혁명에 비판적인 입장이었던 사상계사의 발행인인 장준하 선생도 포함되었다. 그리고 얼마 후 군사정부는 화폐개혁을 단행하였고, 계속 비판적인 입장이었던 사상계사는 경영난에서 끝내 헤어나지를 못하였다. 결국 내가 바라던 『사상계』사에의 입사는 이루어지지 않고 말았다.

그리고 몇 해 후 유경환형은 내가 국가공무원 시험을 거쳐 공무원으로 근무한다는 말을 우연히 지인을 통하여 알게 되었다면서, 지방 출장중에 내 근무처를 한 번 다녀간 일이 있다. 유경환형이 제대를 하고 조선일보사에 근무할 때가 아니었나 싶다.

나는 유경환형이 타계한 오늘 내 오래된 기억을 되새겨본다. 우리가 고교(高校) 시절 『학원』지에 발표한 작품에서,

"고요한 호숫가는/ 옛 이야기.// 번지는 미풍에/ 물살이 퍼지고 또 잔다.// 몸부림치는 소금쟁이는/ 시(詩)를 지운다.// 서러운 전설만이/ 가라앉았다"

— 〈호숫가〉(1954년 1월)

이 시를 쓴 시기가 유경환형이 경복고등학교 1년으로 되어 있고, 선자인 장만영 시인께서 "제1회 학원문학상 수상작품. 퍽 곱고 재치 있는 작품이다. …(중간 생략)… 그림으로 치면 수채화의 소품 한 폭이라고나 할까."고 하는 평을 하셨다.

같은 그 시기에 내가 쓴 시 〈절(寺)〉에서 나는 유경환형과 내가 어쩌면 이렇게 같은 호흡을 할 수 있었을까 생각하게 했다. 지난날 그에게서 느꼈던 온화하고 따스한 체온이 아직 내 뇌리에 그대로 남아 있다.

"등꽃이 지는 오후였다// 탑이/ 바람을 머금고// 또/ 풍경은 울었다// 배암처럼/ 내가 탑에 기대어/ 희어 가는데// 마치/ 노을에 취해 모란이 지듯//

가슴으로는 하얗게 전설이 진다// 탑에 구름이 걸렸다."

내가 진주고교에 다닐 때인 1955년 10월호 『학원』지에 입선된 시다.

당시 선(選)을 보신 김용호 시인의 "우수작. 조용한 등꽃 지는 오후의 절의 풍경이 눈에 선하게 보이는 작품이다. 한 폭의 그림같이 깨끗하고 맑은 시다. …(이하 생략)…"

오늘 유경환형의 시 〈호숫가〉와 나의 졸시(拙詩)를 비교해 보면서, 나는 어쩌면 이렇게 같이 느끼고 사고하면서, 시를 쓸 수 있었을까 하는 생각이 든다.

여기서 고인과의 작은 인연을 매김하면서, 고인에 대한 또 하나 더 인연 이야기를 할까 한다. 바로 얼마 전 내 진주고교 동기 동창인 평론가 L형이 쓴 《세월에 인생을 도박하고》라는 에세이집을 읽었다.

그 글에서 L형이 2002년 12월 30일 제 39회 한국문학상을 수상하였는데, 수상 요건이 문단 경력 30년 이상 되는 중진 문인에게 수여되는 받기 어려운 상이라 기뻤다는 이야기다. 마침 시인 유경환님이 같이 그 상을 받았다면서, 유경환님과는 30년 전에도 현대문학상을 또 같이 받았다 했다. 그리고 L형이 이것도 하나의 작은 인연이라고 쓴 글이 오늘 문득 생각이 나서 적는다.

우리는 평생을 살아가는 동안에 많은 사람을 만나게 된다. 그 만나는 사람마다와는 모두가 작은 인연이 있었기 때문이라는 생각을 해본다. 그리고 그 작은 인연들이 일상의 생활이 되고, 그 인연들이 모여서 한 사람 한 사람의 한 생애가 되는 것이라 말할 수 있지 않을까.

내가 고인과 더 큰 인연을 가질 수 있는 운명이었다면, 그리고 그 인연의 밧줄이 더 굵고 튼튼하였다면, 오늘 내가 살아온 인생역정도 지금과는 많이 다른 길을 걸어오게 되었을지도 모른다. 어쩌면 오늘 고인이 걸어온 같은 길을 나도 걸어왔었을지도 모른다.

　이제 이 나이(고희, 古稀)에 뒤를 돌아보고, 지나온 과거를 회상해 보면, 그 모두가 다 운명이 이미 정해진 대로의 길을 걸어 가고 있었는 데도, 다만 그것을 깨닫지 못하고 살아온 것 아니었는가 하는 생각이 든다. 결국 인생이란 처음부터 지워져 있는 대로의 삶을 살아가는 것이라는 운명론적인 입장에서의 생각을 하게 된다.

　그런 그 과정에서 나와 고인과의 그 짧은 기간의 만남도 작은 인연의 한 부분이었을 것이리라. 삼가 고인의 명복을 멀리서나마 빌어 마지 않는다.

친구를 기리며

　바로 며칠 전 아내가 느닷없이 당신은 제일 친하게 지내는 친구가 누구냐고 물어왔다. 그러면서 당신은 친구가 참 많기는 한데 누가 당신하고 제일 가까운 친구인지를 모르겠다는 것이다. 그 말을 들으면서 그렇지 않아도 요 근래에 와서 내가 많이 생각하고, 나 자신에게 자문해 보기도 하고 있는 문제를 아내가 어떻게 내 속이라도 들여다보고 물어오는 것 같다는 생각을 하게 되었다.

　나는 친구가 많은 편인 것은 사실이다. 어릴 때의 고향 친구를 비롯하여, 학교를 다니면서 연유가 된 동기동창, 동문, 직장생활을 하면서 사귀게 된 직장 친구, 같은 전문직에 종사하는 친구, 사회생활을 하면서 알게 된 친구, 글 쓰면서 만나는 친구, 거기다가 주말이면 같이 산행하는 친구 등등하여 다른 사람에 비하여 비교적 친구가 많은 편이라 할 수 있다.

　세상에 친구를 좋아하지 않는 사람이 어디에 있을까마는 나처럼 친구를 좋아하는 사람도 그리 많지는 않을 것이라는 생각도 해 본다. 내가 중고등학교에 다닐 때 방학이 되어도 집에는 붙어 있지 않고, 노상 친구들하고 어울려 밖으로만 나다닌다고 어머니가 꾸짖으면, 할머니께서 부모 팔아 친구 산다 하시면서 나를 편들어 주셨다.

그렇게 많다고 생각되는 그 친구들 중에서 제일 가까운 친구를 들라 하면 나는 그만 난처해진다. 딱 누구를 제일 가까운 친구라고 거명(擧名)을 할 이름이 얼른 떠오르지를 않는다. 돌아다보면, 나는 이 나이가 되도록 살아오면서 누구에게나 좋은 대인관계를 유지하려고 처신을 하여 왔는지는 몰라도 진솔하게 내 마음을 열어서 상대편의 마음을 받아들이는 그런 참 친구를 사귀는 삶은 못 살아온 것 같다.

뒤집어 말하자면, 그 많은 친구 중에서 단 한 사람이라도 나를 자기와 제일 가까운 사람이라고 생각하고 있는 친구가 없다는 말이 되겠다. 결국 나는 세상을 헛살았다는 이야기가 된다. 관포지교(管鮑之交)의 고사를 굳이 인용하지 않아도 진정한 친구를 한 사람이라도 가졌다면 그 사람은 바른 삶을 산 사람이라 하겠다.

이런 나에게도 마음을 열어준 친구가 처음부터 없었던 것은 아니다. 그 친구와 우정을 오래 지속하지를 못하고, 먼저 보내야 했다. 부부의 연(緣)도 평생을 해로(偕老)하지 못하고 사별을 하는 경우가 있듯이 친구와의 교우도 박복하면은 어쩔 수 없는 경우가 아닐까 싶다.

그 친구는 일찍이 내 심성(心城) 안에 들어와 내게 있는 모든 것을 다 알게 된 사이였다. 우리는 까까머리의 중학교 때 만났다. 6·25동란으로 그 친구는 초등학교를 졸업하고 2년을 지나 중학교 입학을 하였기 때문에 나보다 2살 위였다. 생각하는 것도 나보다 훨씬 어른스러웠다. 그런 친구가 먼저 가고 난 후, 나는 그 친구의 잔영(殘影)을 가슴에 담고 여태까지 10년 가까운 세월을 살아오고 있다.

　내가 군에서 제대를 하고 일자리를 못 구하고 시골 고향에 돌아와 실의에 빠져 있을 즈음인 그 여름 어느 날, 미리 기별도 없이 나를 불쑥 찾아온 그. 우리는 마을 앞 덕천강 맑은 강물을 헤엄쳐 건너 버들숲 언덕에서 시간 가는 줄 모르고 나누었던 우정의 이야기들. 헤어지면서 나의 손을 꼭 잡아 주던 따뜻한 그 손의 체온. 그리고 힘들어도 용기를 잃지 말자고 하던 격려. 그날 내게는 큰 도움이 되었던 얼마 안 된다면서 던져두고 간 봉투. 이 모두가 그 친구가 내게 남기고 간 내 기억 속의 아련한 잔영들이다.

　살아오면서 힘든 일이 생겼을 때에는 지금도 나는 그 친구를 문득문득 생각하곤 한다. 물론 나도 그 친구의 일을 나 자신의 일같이 생각하고 작은 힘이라도 되어 줄려고 했을 것이다. 그 친구는 영원히 내 가슴 안에서 살아있다는 생각을 한다.

　친구여, 삼가 명복을 빌어마지 않는다.

묵은 정(情)

— 고교 졸업 50주년 기념행사에 참가하여

정(情)은 묵은 정이 좋고, 친구는 옛 친구가 좋다. 까마득한 옛 학창 시절의 친구가 바로 묵은 정의 옛 친구이다.

"우리는 일제 강점기에 태어나, 8·15 해방을 맞았고, 동족상잔의 한국동란을 겪으면서 성장하였다. 4·19 민주혁명의 주역으로, 5·16 군사혁명과 10·26사태의 파란만장한 변혁의 시대를 거쳐야 했다. 그 시대를 살아오는 과정에서 우리는 역사와 전통을 자랑하는 명문 고등학교 출신답게 결코 부끄럽지 않은 처신을 하였다고 자부한다. 우리는 불의에 타협하지 아니 하였고, 꺾이지 아니 하고 굳건히 살아서 오늘 이 자리에 모인 것이다. 그 사이에 50년의 세월이 지나갔다. 우리는 각자가 그 동안에 많은 새 친구를 사귀고, 그 친구들과 새로운 정을 쌓으면서 살아왔을 것이다. 그러나 그 새로운 정은 학창 시절의 티 없이 맑고 깨끗한 정으로 맺은 오늘 이 자리에 모인 우리들의 우정에는 결코 미치지 못할 것이라고 생각한다."

위의 인사말은 고등학교 졸업 50주년을 기념하여 모교 방문행사를 주최한 모교 소재 지역 동창회장의 인사말 중의 한 부분이다.

그렇다. 정은 묵은 정이 좋고, 친구는 옛 친구가 좋은 법이다. 우리는 유유히 흐르는 남강의 강물을 바라보면서 하룻밤을 시간이 가는 줄도 모르고 지나간 세월의 이야기로 꽃을 피웠다.

다음날은 지리산록(麓)의 한 토속 음식점에서 점심을 하였다. 그 집은 토종 돼지를 방사(放飼)하는 농장이었는데, 그 농장에서 사육한 잘 삶은 돼지고기 수육에 묵은 김치가 주 반찬이었다. 그 묵은 김치의 배추포기를 줄기 부위쪽은 싹둑 싹둑 잘라서 묵은 김치의 맛 그대로 내놓고, 잎사귀 부위는 양념을 물에 헹궈서 배추김치 보쌈을 하여 고기를 싸 먹도록 나왔다. 모두들 그 상에 올라온 김치의 맛이 그저 그만이라는 말 한 마디씩을 하였다. 맛이 깊고 은은하였다. 내가 어릴 때 어머니가 담근, 이제는 까마득히 잊어버린 김치의 바로 그 맛이었다.

묵은 김치의 맛 이야기를 하다 보니, 지난 해 어느 여름날 먹었던 김치 생각이 문득 난다. 주말 휴가차 친구들과 경남 E읍을 지나면서, 일행 중에 그 읍 장터에 소고기 국밥집의 김치 맛이 일미라 하여 찾아 들어갔다. 식당이 큰 방으로 되어 있고 방 한쪽에 무쇠가마솥이 걸려 있는데, 그 집 주모가 솥전에 앉아서 펄펄 끓는 소고기국을 뚝배기 그릇에 담아내고 있었다. 가마솥과 소고기 국그릇도 옛스러웠지만 상에 올라온 김치의 맛이 정말 옛 맛 그대로의 일미였다.

곰삭은 배추김치의 맛이 이루 말로 다 할 수 없을 정도로 좋았다. 어떻게 김치가 이렇게 시원하고 맛이 있느냐고 물었더니, 땅에 묻어 둔 독에서 방금 꺼내어서 내놓는 것이라 하였다. 지금은 김치냉장고가 일반화 되었지만, 역시 김치는 땅 속의 독안에서 숙성되어 잘 익은 것이 제 맛이 나는가 싶었다. 이 이야기를 듣던 친구 하나가 그 김치 맛 소문에 진주에서 E읍까지 몇 십리를 일부러 차를 타고 찾아간다고 했다.

그 날 묵은 김치를 먹으면서 나는 독 안에서 김치가 잘 익어가듯이 사람도 나이가 들면서 인품도 이 김치처럼 곰삭아서 맛이 들 수는 없을까 하는 생각을 해 보았다. 살아가다 보면 더러는 남을 용서해야 할 일도 생긴다. 그걸 못 삭이고 내가 먼저 마음을 열지 못하여서 상대편을 불편하게도 한다. 마음에 일어나는 온갖 탐(食)을 떨쳐버리지를 못하고, 번민의 나날을 보내기도 한다.

내 마음에서 일어나는 이런 모든 감정들이 마치 독안의 김치가 시간이 가면서 익어서 그 깊은 맛을 내듯이, 사람도 세월이라는 풍상을 겪으면서, 곰삭아서 완숙한 인격을 갖게 될 수는 없을까. 이제는 나도 내 주위의 여러 사람들에게 묵은 김치의 깊은 맛들은 인품의 나이 값을 하였으면 하는 욕심을 가져 보면 안 될까.

그 동안 우리가 지나온 세월은 한 생애를 정리하기에 충분한 때가 되었다. 이제 모두가 귀밑에 흰 머리칼을 흩날리는 고희(古稀)의 나이다. 같은 문(門)에서 출발하였으나 살아온 길이 다 다르듯이 그 생각하는 것도 같을 수는 없을 것이다. 오늘 곰삭은 묵은 김치 반찬을 앞에 두고 묵은 정의 옛 친구들과 앉아서 이런 저런 생각을 하게 되는 것 같다. 50년 전 우리가 청운의 꿈을 안고 '지리산 높이 솟아 우리의 기상…' 하면서 같은 문을 나서던 그 날의 그 젊음이 오늘은 그 동안 살아온 지난날들을 되돌아보면서 회고하는 자리가 되었다. 서로가 마주 꼭 잡는 손에서는 옛날 그대로의 변함없는 따스함을 느끼게 하였다. 역시 정은 묵은 정이 좋고, 친구는 옛 친구가 좋은 건가 보다.

영도다리를 바라보면서

　며칠 전 나는 C의 사무실에 들렀다. 그의 사무실은 영도의 대교동 해변 통에 있었다. 마침 점심때가 되어, 도선(渡船)을 이용하여 자갈치로 건너갈 생각으로 선착장으로 나갔다.

　건너편이 바로 자갈치다. 영도다리가 바른쪽으로 가깝게 보였다. 바다쪽에서 바라보는 영도다리의 교각은 풍상의 흔적이 역력하여 마치 역사의 유물을 보는 것같다는 생각이 들었다. 그 영도다리를 보면서 나는 그동안 잊고 살아온 지난날의 아픈 기억을 떠 올리게 되었다.

　내가 스무 살쯤 되었을 때의 이야기다. 그 시절 나는 서울의 친구 집에서 한동안 기식을 하고 있었다. 그 나이에 남들은 대학을 다니는데 당시의 내 사정은 가족의 생계를 걱정해야 하는 딱한 처지가 되어 있었다. 그래서 마땅한 일자리라도 있을까 하고 찾아다니던 중에 그 친구의 이름으로 개량 연탄아궁이 사업을 하는 사람을 만나게 되었다. 종래의 연탄아궁이를 개량한 실용신안 특허제품으로 온돌방을 따습게 하는 주물 부엌아궁이 제품을 생산 판매하는 사업이었다.

나는 그 사업자의 양해 하에 고향에 계신 부모님에게 사업계획을 설명하고 자금을 융통해 달라고 부탁을 드렸다. 부모님이 주선해 주신 그 돈은 당시 나로서는 큰 돈이었다. 나는 부산에 내려와 영도 남항동에 있는 중국인이 경영하는 주물공장에서 제품을 주문 생산하였다. 나는 매일 리어카에 제품을 싣고 위탁 판매할 시장을 찾아 영도다리를 건너다녔다. 제품이 조금씩 팔려 나갔다.

그런데 그 사업은 나의 경험 부족으로 기획 단계부터 잘못되었다는 것을 뒤늦게 알게 되었다. 부산이 서울과 다른 기후 조건이라는 점을 간과한 것이다. 서울은 겨울이 춥고 길었다. 서울에 비하여 부산의 겨울은 기후가 따뜻하다. 그리고 짧다. 이 사업의 절대조건은 날씨가 추워야 되는 사업이었다. 해가 바뀌자 어느 사이에 봄을 느끼게 했다. 겨울이 다 지나간 것이다. 부산의 겨울은 그렇게 짧았다. 그래도 하루 몇 개씩이나마 팔리던 제품이 약속이나 한 듯이 전연 팔리지를 않았다.

재고품은 쌓였고, 투자한 돈은 회수할 방법이 없게 된 것이다. 그때부터 나는 고민을 하기 시작하였다. 투자한 돈은 부모님이 남에게서 빌려서 주신 것이다. 이자는커녕 원금도 다 털고 빈손으로 집으로 돌아가야 했다. 부모님을 뵐 면목이 없었다.

그러던 어느 날 밤, 나는 영도다리의 난간에 서서 지금 저 다리 아래 바닷물을 내려다보았다. 초승달이 떠 있는 밤이었다. 달빛에 일렁이는 물살과 그 물살에 떠다니는 오물들을 보는 순간 나는 나를 기다리고 계시는 부모님의 얼굴이 떠올랐다. 나는 내 젊음을 저 바닷물에 던질 수는 없다는 생각을 하였다. 내 주검이 저 바닷물의 오물과 같이 어딘가 떠밀리어 가게 할 수는 없다고 생각을 고쳐먹었다.

그날 C와 나는 자갈치시장 길가의 노점에서 붕장어 한 접시에 소주병을 놓고 살아온 지난날을 회상하였다.

사람은 다 태어나면서 짊어지고 나오는 짐이 있는가 싶다. 그 짐은 평생을 살아가면서 결코 벗어 던져 버리거나 바꿀 수 없는 운명이라는 짐이다. 무겁고 가볍고도 다 운명이다. 나의 경우처럼 일찍부터 그 짐을 숙명적으로 짊어져야 하는 사람이 있는가 하면, 그 짐을 남에게 지우고 평생을 편하게 살고 가는 사람도 있을 것이다.

어느 선사의 '……물같이 바람같이 살다가 가라 하네'고 한 그 물같이 바람같이 표표(飄飄)히 한 세상을 살다 가면 되는 것이 인생이 아니겠는가 하는 생각도 든다. 그런데도 그렇게 하지 못하고 살아가야 하는 것이 우리들의 한 많은 생애가 아닌가 하는 생각도 하게 된다. 뒤돌아보면 나는 그 동안 참 많은 세월을 번뇌와 탐욕에서 벗어나지 못하고 살아 왔는가 싶다. 그러면서 어느 사이에 고희(古稀)의 나이가 되었다.

외갓집으로
보낸개이야기...

산문부 · 2

어린 시절

미아자키 하야오의 1960년대 일본의 농촌을 배경으로 한 어린 자매와 숲의 정령(精靈)들의 교류를 그린 비디오 〈이웃집 토토로〉를 보면서, 문득 내 어릴 때의 시골집으로 이사 오던 시절이 회상되었다. 퇴원을 앞둔 어머니의 요양을 위하여 아버지와 작은 트럭에 이삿짐을 싣고, 공기 맑은 숲 속의 오래 비워져 있던 집으로 이사를 오게 된 11살의 사사키와 4살짜리 자매의 천진무구한 행동과 아름답게 그려진 시골의 풍경이 잘 어울려져 한결 돋보이는 작품이었다.

우리 가족은 귀환동포였다. 태평양 전쟁으로 일본 본토가 미 공군기의 폭격을 받게 된 1945년 초에 우리 가족은 어머니가 8살 된 나하고 3살짜리 남동생을 데리고 먼저 고국으로 피난을 오고, 그 얼마 후 아버지가 잠깐 다녀갈 예정으로 귀국하였다.

아버지는 일본 오사카 인근에 있는 소도시인 이즈미오쯔시(泉大津

市)에서 조그마한 석면공장을 일본인과 동업을 하고 있었기 때문에 사업관계로 일본으로 다시 돌아가야 할 사정이었다. 그런데 부산에서 시모노세키항으로 출항하는 연락선 편이 전시사정으로 잘 안 되어 지체하고 있던 차에 8·15 해방을 맞게 되었다. 결국 아버지는 일본으로 가는 것을 포기하고 일본에 남아있던 할머니와 6살 된 여동생이 귀환동포의 연락선 편으로 마저 귀국하게 되어, 우리 가족은 모두 다시 만나게 되었다.

우리 가족은 임시로 거주하던 진주에서, 30리 떨어진 마동이라는 시골로 이사를 하게 되었다. 그곳은 일가친척들이 모여서 살고 있는 고향이라고 했다. 이사하는 날 마차에는 우리 가족들이 타고, 이삿짐은 소달구지에 싣고 우리가 탄 마차를 뒤따르게 하였다. 그날 우리 가족은 비포장의 시골길을 먼지를 뽀오얗게 뒤집어쓰면서 고향을 찾아가게 되었다.

들길을 지나고, 큰 강의 다리를 건너서 한참을 가다가 산모롱이를 마악 도는데 다시 강을 만나게 되었다. 그런데 강 가운데에 커다란 바위가 하나 있었다, '아! 가에루(蛙)!' (개구리다), '가에루 요오나!' (개구리 같다), '오끼나 가에루!' (커다란 개구리다), 나와 동생들이 손을 번쩍 치켜들고 소리를 질렀다. 강 가운데 우뚝 버티고 앉아있는 커다란 바위가 꼭 개구리 같았다. 강물이 무척 맑았다. 바위 주변에는 강물이 바위를 돌면서 흘러가는데 무척 깊어 보였다.

나는 이때의 이 바위에 대한 영상이 그 후 내가 자라면서 이 곳을 지날 때마다 아름다웠던 기억으로 오래 남아 있었다. 나중에 알게 되었는데, 이 바위는 이곳 고향 사람들로부터 개골바우(개구리 바위)라 불려지고 있었다. 우리 가족이 살게 된 고향 마을에서 2킬로미터쯤 떨어진 거리이고, 이 강은 지리산에서 발원하여 남강으로 합류하는 덕천강이었다.

그날 고향 마을에 도착한 우리가족은 앞으로 우리가 살게 될 집에다가 이삿짐을 풀었다. 집은 조그마한 초가집이었는데, 앞에 비디오에서 본 이삿짐을 싣고 시골로 온 '사사키' 가족들의 집처럼 오래 비워둔 집이었다. 마루에는 먼지가 뽀오얗게 쌓여있고, 방안과 부엌 등 집안 구석구석은 거미줄과 그을음으로 꽉 차 있었다. 나와 동생들이 집 뒤란으로 돌아가 보니 금방 어디서 도깨비라도 나올 것같이 으스스 했다.

아버지는 비질을 하고, 어머니와 할머니는 마루와 방을 걸레질을 하여 청소를 하였다. 이웃에 산다는 아주머니와 아저씨 몇 사람이 이삿짐을 옮겨주고 도와주었다. 나와 동생들은 마당과 아랫채 툇마루를 뛰어다니기도 하고, 새로 이사 오게 된 집을 빙글빙글 돌면서 즐거워했다.

얼마 후 우리 가족은 이 집의 넓은 마당에 딸린 텃밭에다가 양철지붕의 작은 공장을 짓고, 아버지가 일본에서 공장 동업을 하던 분이 어렵게 보내준 기계(발동기)와 일본에 있는 어머니 형제분의 도움으로 정미소업을 하게 되었다.

처음에는 일본말 밖에 모르던 나와 내 동생들도 어느 사이에 마을 애들하고 어울리면서 우리말을 하게 되었다. 그리고 나는 바로 초등학교 1년에 편입하여 학교에 다니면서 마을 애들하고 밤이면 그 마을에서 좀 떨어져 있는 외딴집에 사는 용아형의 부하가 되어 전쟁놀이하는 대원이 되기도 했다.

용아형은 그때 초등학교를 졸업하고 17, 8세쯤의 나이였는데, 키도 훨씬 크고 기운도 세어서 마을에서는 아무도 그 또래에서는 용아형을 당할 사람이 없었다. 용아형은 우리 또래 아이들을 좋아하고 우리는 용아형을 잘 따랐다. 용아형은 밤이면 우리를 모아놓고 전쟁놀이를 하면서 훈련도 아주 힘들게 시키기도 하였다. 우리는 힘들어도 용아형의 지휘를 잘 따랐다. 어느 날 우리는 건너 마을 아이들과 전쟁놀이를 위하여 작전을 세우고 용아형이 우리 중에 하나를 연락병으로 보내어 그날 밤 진격한다고 알리게 하였다.

그 쪽 마을에서도 우리 편의 제의에 좋다고 한판 싸우겠다는 전갈을 연락병을 통하여 해 왔다. 거사 당일은 칠흑같이 어두웠다. 용아형이 작전상 일부러 달이 없는 그믐밤을 택한 것이다. 용아형은 선두에 서서 나아가고, 우리들은 막대기 목총을 메고 대오를 지어서 뒤따랐다. 용아형이 건너 마을에 거의 진격해 적진 앞에 이르렀을 때, 갑자기 들고 있던 소 방울을 힘차게 흔들며 '이랏! 이랏! 워! 워!' 하면서 마치 황소를 앞세우고 달려드는 형세를 취하는 것이 아닌가! 그러자 상대편 마을 애들이 '와! 황소 온다!' 하면서 혼비백산하여 도망을 치게 되어 우리가 승리를 거두었다.

몇 해가 지나고 그 사이 6·25 사변이 발발하여 전선이 일진일퇴를 하던 치열한 전투가 정전이 되었을 즈음이다. 나는 고향 마을의 초등학교를 졸업하고, 진주로 나가 중, 고등학교를 다니게 되면서 자연히 어릴 때의 고향 이야기들은 잊어버리게 되었다.

어느 날 고향집에 갔다가 우연히 어릴 때의 그 용아형 이야기를 듣게 되었다. 용아형은 해방이 되고, 얼마 후 국방경비대가 창설될 때에 군대에 지원 입대를 하였다. 6·25전투에 참전하여 혁혁한 전공을 세우고, 현지에서 장교로 임관되어 육군 대위 계급장을 달고 바로 얼마 전에 고향을 다녀갔다는 이야기다.

지금은 개구리 바위가 앉아있던 덕천강과 남강이 합류하는 위치에 댐이 만들어져서 진양호 호수로 변해 버렸다. 내 어릴 때의 아름다운 영상으로 남아있던 개구리 바위도 이제 호수에 영원히 잠겼고, 그 사이 고향을 생각하는 우리 가족에게는 내 바로 아래의 여동생을 돌아오지 못하는 먼 길로 떠나보내야 하는 아픔도 겪었다. 그리고 무심한 세월은 흘러서 내가 지금 고희(古稀)의 나이가 되었다. 그 시절의 우리 동네의 영웅이었던 그 용아형도 어쩌면 지금쯤은 이 세상 사람이 아닐는지 모른다는 생각이 든다.

툇마루

누구에게나 유년시절의 기억은 있기 마련이다. 그 기억은 세월이 갈수록 퇴색되지 않고 더 뚜렷해지기도 한다. 영롱한 편린(片鱗)으로 뇌리에 남아 있어서이다. 내게도 그날 먼지가 뽀얗게 앉아있던 그 툇마루가 오랫동안 나의 뇌리에서 지워지지 않고 지금도 그대로 남아 있다. 그래서 툇마루를 보게 되면 의례히 유년시절의 그 툇마루를 상기하게 된다.

내가 여덟 살 되던 해다. 외할머니는 어깨멜빵을 만들어서 쌀 두되가 될까 하는 등짐을 지우면서 내 머리를 쓰다듬어 주셨다. 세살짜리 동생을 업은 어머니가 하직 인사를 하고 돌아서는데, 병석의 외할아버지께서는 '그 글(일본글) 배워 어디 쓸 거람. 곧 세상이 바뀔 텐데……' 라고 혼자 군담을 하셨다.

며칠 전 진주에 계시는 친할아버지가 나한테 취학통지서가 나왔다는 전갈을 인편으로 해 왔다. 어머니는 전갈을 받은 다음날 이른 아침에 나를 데리고 길을 나서는 참이다. 외가가 있는 하동 옥종에서 진주까지는 칠십리 길이다. 그 당시는 시간 차(시외버스)가 없었다.

집에서 한참 떨어진 조개머들 냇가에까지 따라 나온 외할머니가 '지름길로 들지 말고 곧장 신작로(新作路)만 따라서 가야 한다.' 젊은 딸에게 인적이 없는 호젓한 산길로 가지 말라는 뜻이다. 그 때는 외할머니가 어머니에게 왜 그런 당부를 하시는지 여덟 살짜리 나로서는 이해가 되지 않았다.

내가 쫄랑쫄랑 앞서 걸었다. 동생을 업은 어머니가 양손에 외할머니가 가면서 먹으라는 주먹밥과 찬거리 보따리를 들고 뒤따랐다. 우리는 신작로를 따라 차돌배기 삼거리와 원당 들길을 지나, 고디재를 넘고, 마당재로 해서 신작로만 따라서 걸었다. 그 때까지 나는 어머니를 따라 곧잘 걸어왔다. 너우니에 와서 뱃사공을 기다려서 강을 건너고, 시날리(지금의 진주시 신안동)에 다다랐을 즈음 긴 봄날의 하루해도 서산에 뉘엿뉘엿 기울어지고 있었다.

나는 앞서 저만치 걸어가는 어머니를 보면서 길가에 있는 어느 집 툇마루에 털썩 주저앉고 말았다. 먼지가 뽀얗게 앉아있는 툇마루였다. 너무 다리가 아파 더 걸을 수가 없었다. 저만치 앞서 가시던 어머니가 뒤를 돌아보고는 내가 안 따라오자 되돌아왔다. 먼지투성이의 마루를 수건으로 대략 훔치고, 내 엉덩이에 묻은 먼지도 털어 주시면서 먼지 턴 마루쪽으로 옮겨 앉게 하였다. 어머니도 툇마루에 걸터앉아서 업고 있던 동생에게 젖을 물렸다.

이제 진주읍(진주시를 당시 그렇게 불렀다)내까지 얼마 안 남았다면서 어머니는 나를 달랬다. 그날 우리는 땅거미가 지기 시작한 어둑할 때에야 할아버지 집에 도착하였다.

그리고 그 해 팔월에 해방이 되었다. 해방을 전후해 귀국하신 아버지와 할머니 등 우리 가족은 친척 일가가 모여서 살고 있는 진주에서 삼십리 떨어진 마동이라는 곳으로 이사를 했다. 나는 그곳에서 초등학교를 졸업하고 진주로 나와 중·고등학교를 다니게 되었다.

나는 어릴 때 외가에서 칠십리 길을 걸어오면서 다리가 아파 앉아서 쉬었던 그 툇마루가 있는 길가의 집 앞을 주말에 시골집으로 걸어서 오고가면서 지나치게 되었다. 그리고 그 툇마루를 볼 때마다 내 어릴 때의 기억을 하곤 했다. 그 툇마루는 자동차가 다니는 한길 가에 있었기 때문에 언제 보아도 먼지가 뽀얗게 앉아있었다. 어떤 때는 길을 가는 사람이 앉아 쉬고 있는 것을 보기도 하였다. 그런 날은 더 내 어릴 때 지난날의 기억이 되살아나곤 했다.

내가 열 살 쯤 되었을 때 기억이다. 거제도 장승포 작은할아버지 댁에 계시던 증조할머니를 우리 집으로 모시고 왔다. 그때 구십이 넘은 노 할머니였다. 이도 다 빠지고 얼굴이 곶감처럼 쪼글쪼글한 할머니였다. 툇마루가 딸린 아래채 방에 계셨는데 오후에 햇살이 들면 증조할머니는 툇마루로 나와서 햇볕을 쪼이셨다. 그럴 때는 눈을 감고 가만히 앉아 있는 증조할머니 곁에는 언제나 햇볕을 따라다니는 고양이가 같이 눈을 감고 미동도 않고 있었다. 나는 증조할머니와 고양이는 햇볕이 드는 툇마루가 좋은가 보다는 생각을 했다.

내가 고등학교 졸업반 여름방학 때 일이다. 나는 사천 곤양의 다솔사에서 몇 달 기거를 한 일이 있다. 그 절의 요사체에는 방이 겹으로 네 칸이 연결되어 있었다. 내가 거처를 하는 뒤쪽편의 방은 툇마루가 딸려 있었다. 나는 그 툇마루가 마음에 들었다. 밤에 책을 읽다가 집에서 가져온 미숫가루를 타서 먹고 빈 그릇을 툇마루에 내어 놓으면 밤중에 짐승이 와서 그 빈 그릇을 핥아먹느라고 달그락거리는 소리가 들리곤 했다. 뒤에 알게 되었는데 여우가 그런다는 것이다. 나는 그 소리를 듣고부터는 일부러 미숫가루를 좀 남겨서 여우에게 먹도록 하였다. 툇마루가 딸린 그 방에 오래 있고 싶었는데 다른 사정으로 그러지를 못했다.

그리고 내가 이순(耳順)의 나이가 된 어느 해 겨울 전남 승주의 선암사를 찾았을 때 이야기다. 겨울철이라 방문객이 없어서인지 사찰 안 마당이 퍽 조용하였다. 나는 사찰 후원을 거닐다가 마침 햇볕이 잘 드는 툇마루가 눈에 띄었다. 내가 다가갔을 때 툇마루가 딸려 있는 방안에서는 심오한 종교철학 강론을 하고 있었다. 그날 나는 햇살이 따뜻한 툇마루에서 그 철학 강의를 한참 동안을 들으면서 앉아 있었다.

나는 툇마루가 참 좋다. 길을 오다가다 잠깐씩 부담 없이 걸터앉아 쉬어 가도록 된 툇마루가 참 좋다. 특히 내가 어릴 때 어머니를 따라 칠십리 먼 길을 걸어오면서 다리가 아파서 쉬었던 그 툇마루를 지금도 영 잊을 수가 없다. 원래 툇마루를 길가의 울타리 바깥쪽으로 만들어 둔 것을 보면 길을 가는 사람에게 누구나 쉬어 가도록 배려한 것이 아니었나 생각된다. 그런 툇마루를 보면서 우리 조상들의 여유로운 마음을 느낄 수 있어서 더욱 좋다. 지금은 그 툇마루가 딸린 집을 보기가 점점 어려워지고 있다. 아쉬운 일이다.

처음 저지른 나쁜 짓

내가 어릴 때 자라던 마을의 뒤편으로 야트막한 재를 오르면 주막 촌이 있었다. 큰 마당을 가운데 두고 주막집들이 있고, 잡화 가게도 두 집이나 있었다. 이 주막촌의 동네 이름이 마당재다. 이 마당재에 서 부근 3, 4십리 안에 살고 있는 하동의 옥종, 청암과 진양의 수곡 사람들이 진주로 드나들면서, 이 주막촌을 지나다녔다. 길을 일찍 나 서면 마당재에 당도할 즈음이 오전의 참(間食) 때가 되고, 늦어도 점 심을 이 곳에서 하게 되었다.

그때는 시간차 편이 없었다. 보통 걸어서 다니던 시절이다. 그러다 보니 사람의 내왕이 계속 이어졌고, 그래서 장사가 잘 되었다. 주막 집 추녀에는 집집마다 삶은 돼지 다리가 내걸려 있어서, 지나가는 길 손이 자연히 찾아들기 마련이었다. 길손들이 막걸리 한 사발에 거나 하여져서 길을 재촉하면서들 주막집을 나서는 것이 그때의 마당재 주막촌의 풍경이기도 했다.

가게 두 집에는 일상의 생활용품은 물론이고, 여러 가지 잡화에 아이들 군침 흘리도록 하는 사탕이나 엿, 과자봉지도 진열이 되어 있었다.

　우리 집은 방앗간을 하고 있었다. 목화를 많이 재배할 때였으므로, 목화 솜 타는 기계도 있었다. 목화 타는 삯은 주로 돈으로 계산을 하는 것 같았다. 그러다 보니 집에 돈이 더러 눈에 뜨이는 데에 있는 걸 보기도 하였다.

　그런데 내가 눈독을 들이게 된 돈이 있었다. 제법 오래 되었는데도, 농 서랍 한 편에 그때 돈으로 얼마인지는 기억을 못하겠는데, 뒤에 사먹은 과자 양으로 보아 어림잡아 지금의 2, 3천 원쯤 정도 가치의 지폐가 아니었나 싶다. 그 돈이 한 쪽 귀퉁이가 제법 많이 떨어져 나가 못 쓰게 되어져서, 서랍 안에 그대로 있는 것 같았다.

　나는 이 돈을 어떻게 쓸 수가 없을까 고심을 하게 되었다. 드디어 꾀가 났다. 이걸 떨어진 데를 붙여서 써 먹을 생각을 하게 된 것이다. 물론 내가 그런 큰 돈을 쓸 데라 해봐야 과자 사먹는 일 말고는 없었다. 나는 종이를 오려서 떨어진 돈 크기가 되도록 풀로 붙인 다음, 크레용 물감으로 조잡하게나마 색깔 칠을 하여서, 얼른 보면 표가 안 나도록 만들었다,

　그 다음이 문제다. 나는 원래 간이 작아서 그 돈을 가지고 가게에 가서 과자를 살 엄두도 못 내었다. 가만히 생각하니 낮에 보다는 밤에 가게에 가는 편이 좋겠다는 또 꾀가 나왔다. 밤에는 어두워서 안 들킬 것 같아서. 그때 같이 잘 노는 또래(누군지 기억이 나지 않는다)에게 돈을 어떻게 해서 만들었다는 말은 안 하고, 저녁에 내 돈 가져 나올게 같이 과자 사먹자고 말하니 좋다면서 저녁밥 먹고 만나기로 약

속을 하였다,

그날 저녁 우리 둘은 마당재로 올라갔다. 가게 한 집은 남폿불을 환하게 켜 두어서 안 되겠다 싶어, 호롱불을 켜 둔 좀 어두운 가게를 보고 들어가려다가 말고 내가 그 애보고 '네 혼자 들어가라' 했더니 그 애가 '와? 내 혼자서?' 하기에 '나는 여기서 오줌 누고 있을란다. 혼자 갔다 와!' 하고는 그 애가 가게에 들어가 과자를 사들고, 돈을 주는 걸 간을 두근거리며 지켜보았다. 주인 여자가 돈을 받아서는 펼쳐 보지도 않고, 그대로 앞치마 주머니에 집어넣고, 안으로 들어가 버리는 것이 아닌가!

나는 그날 그 과자를 어떻게 먹었는지는 기억을 못하겠다. 다만 그 일이 있고 나서, 나는 근 반년 너머를 마당재를 오금이 저려서 올라가지를 못하였다, 그 가게 앞을 지나가면 그 여자가 나와서 내 뒷덜미를 덥석 낚아 챌 것만 같아서였다.

그로부터 내가 50년도 더 지나고 난 어느 해, 지금은 남강 댐 공사로 수몰이 된 어릴 때 자라난 고향을 찾아가게 되었다. 내가 살던 동네의 집들은 모두 수몰이 되었으나, 마당재는 지대가 높아서 그대로 있었다. 그러나 옛날의 주막촌은 흔적도 없고, 넓은 마당재 터가 이제는 잡초만 무성한 빈터로 변해 있었다.

그 옛날 막걸리 한 사발에 얼큰한 길손들이 주막촌을 나서서 진주를 보고 걸어가던 오솔길은 이제 파란 호수 물에 잠겨서 출렁이고 있었다. 상전벽해(桑田碧海)가 바로 여기로구나!

외갓집으로 보낸 개 이야기

　지난 주말 근교 산행을 하였다. 회동 수원지를 끼고, 능선을 타면서 개좌산 안부를 지나게 되었다. 이 안부로 철마(鐵馬)에서 동래로 넘어오는 고갯길이 있었다. 길가에 개좌산 고개에 전해 오는 전설이 기록된 동판와비(銅版臥碑)가 눈에 띄었다.

　때는 임진왜란쯤의 이야기라 했다. 철마에 사는 한 젊은이가 매일 밤 40리 떨어진 동래성에 번(番)을 서기 위하여 이 고개를 넘어 다니면서 호젓한 산길이라 누렁이라는 개를 데리고 다녔다 한다. 하루는 밤 번(番)을 마치고 아침나절 집으로 돌아오면서, 고개 따뜻한 양지 쪽에서 젊은이는 그만 깜빡 잠이 들었다. 그 때 피우다 버린 엽연초의 불씨가 되살아나면서, 마른 풀에 옮겨 붙었다. 누렁이가 잠든 주인을 구하려고, 그 아래 웅덩이에서 제 몸뚱이 털에 물을 묻혀 와서 불이 주인에게 번져가는 것을 막으려고 제 몸을 뒹굴어서 불을 끄다가 끝내 그 불길에 개가 타 죽었다. 잠이 깬 젊은이가 죽은 개의 사연을 알고 그 개를 이 자리에 묻어 주었다는 전설이다.

원래 개는 영특한 동물이다. 사람에게 충성을 다하고, 사랑을 받으려 한다. 이런 전설은 곳곳에 많이 있다. 나는 이 이야기를 읽으면서, 내 어릴 때의 아득한 기억이 떠올랐다. 나는 개를 참 좋아했다. 그 시절 시골에서는 집집마다 개를 키웠다.

내가 기억하는 그 털이 흰 개 이야기다. '워어리' 라는 이름으로 불려진 그 개는 쫑긋한 귀에 덩치가 크고 씩씩하였다. 수놈이었다. 동네에서는 우리 워어리를 당할 개가 없었다. 내가 다니는 데는 어디든지 졸졸 따라 다니면서 나를 보호하고, 내 비위를 잘 맞추어 주었다. 나는 그 개 등을 타기 위하여 가랑이를 벌리면 워어리는 내 가랑이 밑으로 들어와 준다. 개를 타고 다니다 보니 바지 가랑이가 떨어져 너덜거렸다. 어머니가 제발 개 등을 타지 말라고 나무랐지만, 나는 아랑곳하지 않았다.

초등학교 저학년 때쯤의 이야기다. 학교에서 돌아오는 내 발자국 소리를 듣고, 쫑긋한 귀를 뒤로 젖히고 워어리가 내달아왔다. 나는 언제나 그랬듯이 내 책 보따리를 개 등에다가 질끈 동여매어 짊어지워서 집으로 돌아왔다.

집에는 마침 외할머니가 와 계셨다. 어머니가 나를 보고 워어리를 데려다 외갓집에 맡기고 오라 하셨다. 외갓집은 집이 넓고 집터가 세어서 흰 개가 터를 울린다는 외할머니의 말씀을 들은 어머니가 개를 외갓집으로 보내기로 한 모양이다.

마침 그때 워어리의 새끼를 이웃집 암캐가 낳아서 한창 귀엽게 크고 있었다. 어머니는 내가 워어리를 보내게 되면 서운해 할까 봐 걱정이 되셨던지 그 중 예쁜 놈 한 마리를 가져다 키우자 하셨다. 나도 좋다고 했다.

그날이 마침 토요일이라 다음날 학교를 안 가도 되므로 나는 외할머니를 따라 나섰다. 워어리는 나를 따라 저만치 앞서 가다가 뒤돌아보고 또 보고 하면서, 잘 따라 왔다. 워어리는 길가의 나무등걸과 집 울타리 등에 한 다리를 들고 자꾸 오줌을 누면서 가는 것이다.

그날 저녁때 30리 길을 걸어서 외갓집에 당도하였다. 그 때부터 워어리는 한 순간도 나를 놓치지 않고 졸졸 따라 다녔다. 외갓집 식구들이 먹을 것을 주고 머리를 쓰다듬고 하여도 한사코 나만 따라 다녔다. 내가 마루에 올라가면 마루 앞에서 나를 지켜보고, 내가 방안에 들어가면 방문 앞에 딱 버티고 앉아 움직이지를 않았다. 그렇게 하면서 워어리는 내가 잠자는 방문 앞에서 밤을 새웠다.

다음날 아침 나는 워어리를 떼어두고 올 궁리를 하다가 개밥그릇을 부엌으로 들고 들어갔다. 나는 워어리가 개밥그릇에 입을 대고 먹는 틈을 타서 잽싸게 부엌문을 잠그고 뛰쳐 나왔다.

그리고 곧 바로 집으로 돌아왔다. 그런데 이게 어찌된 일이냐. 워어리가 나보다 먼저 집에 와서 나를 보고 꼬리를 치면서 좋아서 어쩔 줄을 몰라 하는 것이다. 나중에 들은 이야기다. 내가 부엌문을 잠그고 나온 다음에 부엌 안에서 난리가 났다는 것이다. 살강에 엎어놓은 그릇이 다 깨어지고, 부수어지는 소동이 나서 할 수 없이 부엌문을 열어 주었더니 개는 그길로 곧 바로 온 길을 따라 달아나 버렸다 했다. 뒤에 안 사실인데 개는 낯선 길을 갈 때에는 제 오줌을 누어 그 냄새를 남겨 둔다는 것이다. 워어리가 외갓집으로 오는 도중에 군데군데 오줌을 누어 그 냄새를 따라 곧 바로 집을 찾아 온 모양이다.

그 다음 주일에 두 번째로 내가 또 워어리를 데리고 외갓집으로 갔다. 이번에도 워어리는 나를 잘 따라 왔다. 그리고 지난번처럼 나를 졸졸 따라 다녔다. 이번에는 내 외사촌들이 워어리에게 환심(?)을 살려고 접근을 했다. 그리고 다음날 오전 내내 나와 내 외사촌들이 워어리와 같이 재미있게 시간을 보냈다. 워어리도 조금씩 내 외사촌들에게서 경계심을 푸는 것 같았다.

점심을 먹고 내 외사촌들과 워어리가 노는 틈을 타서 나는 뒷문으로 몰래 빠져 나와서 집으로 돌아왔다. 이번에는 워어리가 우리 집으로 돌아오지 않았다.

일년 쯤 지나고 내가 외갓집에 갔을 때다. 워어리는 나를 보고 미친 것처럼 달려들면서 좋아서 어쩔 줄을 몰라 했다. 내 머리 위에까지 뛰어 오르고, 제 몸뚱이를 내 다리에 비벼대면서 좋아서 어쩔 줄을 모르는 것 같았다.

내가 다음날 집으로 돌아가는데 워어리는 동네 어귀 정자나무 아래까지 나를 따라 나왔다. 나는 내 외사촌들과 작별인사를 하고 헤어졌다. 워어리는 동구 밖 어귀에서 나를 더 따라 오지 않고, 그 자리에 앉아버린다. 그리고 내가 걸어가는 뒷모습을 쳐다보고 있었다. 내가 동네 앞을 지나고 들길을 건너서 산모롱이를 돌 때까지 워어리는 그 정자나무 아래에 앉은 그대로 조그맣게 보였다.

누가 시켜서 그런 것도 아닐 것이다. 비록 짐승이지만, 제가 있을 곳을 스스로 알고, 옛 주인을 따라가려 하지 않고 보내고 있는 것이다. 사람이 개만도 못하다는 말이 문득 생각난다. 사람이 분수를 모르고 처신을 바로 못하는 경우를 우리는 얼마든지 보게 된다. 그때는 내 어릴 때 외갓집 동네 앞 정자나무 아래에서 내가 안 보일 때 까지 조그맣게 앉아있던 외갓집으로 보낸 워어리를 생각하게 한다.

그 시절의 펜팔하던 소녀들

얼마 전에 중앙선으로 남양주 덕소(德沼)역을 지나게 되었다. 차창 밖으로 내다보이는 연변의 마치 삼(麻)대같이 들어선 아파트촌과 밀집한 도심의 건물뿐인 덕소 시내를 바라보면서 나는 50년도 더 이전의 그녀의 편지에 쓰어 있던 덕소의 시골풍경을 문득 떠올려 보았다.

그녀는 나보다 한 해 위인 서울사범 졸업반 때였다. 당시 학생잡지에 실린 내가 쓴 시(詩)를 보고 편지를 보내온 것이 계기가 되어 우리는 펜팔을 하게 되었다. 그녀가 졸업을 하고 첫 발령을 경기도 어느 한적한 시골인 남양주에 있는 덕소초등학교로 받았다는 편지와 당시의 시골초등학교의 이야기가 적혀 있었다. 학교 앞은 논길이고 멀리서 개구리 울음 소리가 들리는 한적한 시골이라고 했다. 여름날 밤이면 온 하늘이 별밭으로 별똥별이 포물선을 그리며 떨어진다고도 했다. 주말에 서울로 오려면 한참을 걸어 역으로 나와서 기차를 기다려야 된다고도 하였다.

지금 차창 밖으로 지나가는 덕소 시내는 그 시절 그녀가 그려 주었던 한적한 시골의 풍경을 깡그리 뭉개어 버리고 삭막하기만 한 거대한 회색의 콘크리트 속을 빠져 나가는 착각을 하게 하였다. 나는 차창을 지나가는 낯선 풍경을 바라보면서 아련히 내 머리에 남아 그려지는 옛 기억이 마치 낡은 필름을 되돌려보는 기분으로 회상에 잠기게 하였다. 그녀에게서 온 편지는 봉투의 글씨가 퍽 예뻤다는 기억을 한다. 물론 차분하게 써 내려간 편지에 적힌 사연도 그녀의 평소의 성격을 그대로 느끼게 하였다. 그녀는 나보다 한 해 위 학년이고, 졸업 후 교편을 잡으면서부터는 사려 깊고 퍽 어른스럽게 느껴졌다. 나는 내가 쓴 시를 학생 잡지에 투고하기 전에 그녀에게 먼저 보내어 의견을 듣기도 하였다. 내가 그녀가 쓴 글을 보고 싶다고 하여도 자기는 글을 쓰지 않는다면서 끝내 내 청을 들어주지를 아니 했다.

나보고 졸업 후 서울로 대학 진학을 하게 되면 자기가 근무하는 시골도 한 번 다녀가라는 사연이 적힌 편지도 보내온 것 같았다. 그런 그녀와의 펜팔도 내가 고교를 졸업한 후 방황하는 시기에 언제인지 모르게 잊혀지는 사이가 되어 버렸다.

그 시기를 전후하여 나는 또 한 소녀와 펜팔을 하고 있었다. 나보다 한 해 아래 학년이라고만 하고 학교명도 알려주지 아니 하고 편지 수취 주소도 자기 집이 아니고 할머니 댁이라 하였다. 주소가 서울특별시 동대문구 J동 몇 번지로 기억한다. 주말에 할머니 댁에를 갈 수 있기 때문에 내가 보낸 편지를 그 사이 할머니가 받아 보관하고 있다가 이 손녀에게 아무도 모르게 전달이 되는 것 같았다. 그 시절만 해도 딸아이가 다른 남학생하고 편지질하는 것이 용납이 안 되는 그런 때였다고 생각한다.

그녀는 편지 봉투만 보아서는 남자 아이 글씨와 분간이 안 가는 필

체인 데다가 이름이 공교롭게도 남자 이름자여서 내가 처음 편지를 받았을 때에 남학생으로부터 온 편지인 줄 알았을 정도였다. 성격이 활달하고 명랑하여 그녀의 편지를 읽을 때에는 철없는 소녀의 때 문지 아니 한 청순함을 그대로 느끼게 하였다. 가정환경도 괜찮은 편인 것 같았고, 학교생활과 교우관계도 좋은 편으로 그녀의 사생활도 펜팔을 하는 동안에 상당부분까지 알 수 있을 정도가 되었다. 나는 그녀와는 그렇게 자주 펜팔을 한 것 같지는 않다. 한 학년 아래인데도 그녀는 나보다 훨씬 어리게 생각이 들었다. 철이 없어 보이기도 하는 그녀의 편지를 읽으면서 나는 그녀가 내게는 손이 닿지 아니 하는 먼 거리에서 생활하는 소녀같다는 생각이 들기도 하여서였다.

나는 고교 졸업 후 대학 진학을 못하였다. 친구 하나와 진주의 내 이모부님 공장에서 생산하는 비닐우산을 서울로 탁송 받아서 동대문시장 일대의 도매상가에 납품을 하고 구전을 먹는 장사를 얼마동안 하였다. 비가 내리는 날은 동대문 로터리 길가에 서서 지나가는 행인을 상대로 직접 낱우산 판매를 하기도 하였다. 그렇게 소매로 파는 우산 값은 이윤이 많이 남았었다.

지금의 나의 이 모습을 만약에 그녀가 보게 된다면 지금까지는 시를 쓰는 문학 소년으로 생각하고 있을 나에 대한 그녀의 꿈이 허무하게 깨어져 버릴 것이라는 내 나름의 상상을 하면서도 쓸쓸해지는 심사를 어쩔 수 없었다. 나는 그녀와 펜팔을 하던 그녀의 주소지인 동대문구 J동이 여기서 얼마 떨어지지 아니 한 곳이라는 생각을 하면서 그녀를 만나서는 안 된다고 스스로 마음 속으로 다짐을 하였다. 그럴 때에는 비가 내리는 홍인지문(興仁之門)이라는 현판이 걸려 있는 동대문의 건물을 멀리서 하염없이 바라보곤 했다.

첫사랑의 추억

내가 고등학교에 다니고 있을 즈음 우리 집은 갑자기 가세가 기울어졌다. 부모님에게 하숙비 부담이라도 덜어드릴 생각으로 같은 반에 있는 L군이 자취하는 집으로 방을 옮겼다.

L군의 자취방은 학교에서 그리 멀지 않은 B동 주택가의 골목 안에 있었다. 높은 담장을 끼고 한참을 돌아서 들어가야만 했다. 달이 기우는 밤은 그 담장너머의 그늘이 우리 방 창호지 문창살에 드리워진다. 그런 밤은 나는 시(詩)를 썼다. 지금 생각하면 나는 그 집에서 나름대로의 낭만이 있는 생활을 한 셈이다.

어느 날 같은 반에 있는 Y군이 내가 자취하는 집으로 놀러오면서 처음 보는 여학생을 데리고 왔다. 머리를 두 갈래로 단정하게 한 여고생이 Y군의 뒤에서 부끄러운 듯 얼른 나서지를 못하고 머뭇거리고 있었다. 희고 갸름한 예쁜 얼굴이었다.

Y군이 자기 고향의 N양이라고 소개했다. 그녀는 J여고의 우리들보

다는 한 해 아래 학년이었다. 그녀의 아버지는 고향에서 벌채(伐採) 사업을 크게 하고, 지금 우리들의 자취방 부근에 있는 목재소도 그녀의 아버지가 주인이라고 했다. 오늘 N양이 아버지를 찾아 왔다가 이 부근에서 Y군을 만나게 된 모양이다.

Y군이 나를 지난해 영남예술제(지금의 개천예술제) 한글 시(詩) 백일장에서 장원을 했다고 소개를 했다. 그리고 당시 우리 또래의 학생들이 많이 읽는 『학원』 잡지에 시를 자주 발표하고 장래 시인이 될 거라고도 했다. 순간 나를 보는 그녀의 눈이 반짝하고 빛나는 것 같았다. 그리고 그날 그녀는 내 책상 위에 있던 『학원』 잡지를 뒤적이며 내가 쓴 시를 읽었다.

며칠 후 Y군이 나한테 고향의 자기 집에 놀러 가자고 했다. 뒤에 알게 된 일이다. N양으로부터 내 이야기를 전해 들은 그녀의 어머니가 Y군에게 나를 한 번 보았으면 하고 부탁을 했던 모양이다.

나는 Y군의 고향집으로 가서 그날 점심때에 N양의 집으로 안내를 받았다. 그녀의 집은 그 동네에서는 제일 큰 집이었다. 대문을 지나 집 안마당에 들어서는 우리를 그녀의 어머니로 보이는 한복을 단정하게 입은 부인이 반색을 하며 맞아주었다. 우리를 대청마루 건너편 방으로 들게 하였다. 그녀의 어머니는 Y군에게는 지나가는 몇 마디의 인사 말씀만 하시고, 나를 향하여 고향이 어디냐, 부모님이 다 계시느냐, 학생은 시를 참 잘 쓴다고 들었다는 등 이것저것 관심 있게 물어보셨다.

그 날 큰 상에 가득 차려져 들어오는 점심상이 우리 두 사람의 눈을 휘둥그렇게 만들었다. 진수성찬이었다. 밥상을 앞세우고 그녀의 어머니를 따라 한복차림을 한 N양도 들어왔다. 나는 그녀가 여고생

복장을 하였을 때도 예뻤지만, 오늘 한복을 입고 있으니 한결 더 예쁘다는 생각을 했다.

그녀의 어머니가 별로 차린 것은 없으나 많이 들라고 겸양의 인사를 했다. 그리고 그녀의 어머니는 우리들이 수저를 드는 걸 보고서야 방을 나가셨다. 그녀도 어머니를 뒤따라 나갔다. 그날 우리들은 양껏 배를 두들기면서 포식을 하였다. 우리는 점심을 잘 대접받고, 그녀의 집을 나와서, 수동 마을을 흐르는 아름다운 경호 강 상류의 수동천변의 둑길을 걸었다.

Y군과 내가 앞서서 걷고, 그녀는 조금 떨어져서 우리를 따랐다. 봄 방학으로 냇가의 파란 잔디밭 길과, 훈훈한 바람이 젊은 우리들의 마음을 한결 들뜨게 하는 아름다운 산책길이었다. 우리들은 강 언덕에 나란히 앉아 먼 산과 들녘을 바라보면서 봄노래를 불렀다.

"봄의 교향악(交響樂)이 울려 퍼지는/ 청라 언덕 위에 백합 필 적에/ 나는 흰 나리꽃 향내 맡으면서/ 너를 위해 노래 노래 부른다……."

우리들로부터 조금 떨어져 앉은 그녀도 가만히 따라서 부르고 있었다. 그 뒤 Y군을 통하여 그녀의 어머니가 나를 착하고 얌전해 보이더라고 하시는 말씀을 전해 들었다. 그 말을 들은 것이 N양에 대한 우리들의 마지막 이야기가 된다.

Y군의 고향집에서 돌아온 후, 나는 그녀의 그 뒤 소식이 궁금하였다. Y군이 말을 꺼내지 않는데, 숫기가 없는 내 쪽에서 먼저 묻지도 못하고, 속만 태웠을 따름이었다. 우리가 자취하는 집을 그녀가 알고 있으니까 아버지의 목재소에 다녀간다는 핑계라도 대면서 한 번 쯤

들러주었으면 하는 기대도 해 보았다. 그러나 내가 바라는 그런 요행은 끝내 오지 않았다.

여름방학이 되었다. 나는 시골집으로 돌아왔으나, 집에는 바로 아래 여동생이 병을 앓고 있었다. 공부할 분위기가 안 되었다. 어머니에게 부탁을 드려 집에서 좀 떨어져 있는 다솔사를 찾아갔다. 그 절 뒷산에 오르면 멀리 사천만이 보인다. 작가 김동리가 문학수업을 하던 곳으로 이름이 있는 고찰이다.

그 즈음 집안 형편은 누이동생의 병원비 마련도 어려웠다. 그래서 앞으로의 진로를 놓고 내 나름대로의 고민을 하였다. 개학기가 되었는데도 학교에 나가지를 않고 절에 눌러 있었다. 차라리 여기서 문학수업이나 할까 생각하고 있던 차, 학교에서 계속 안 나오면 제적을 시킨다는 연락을 받고서야 학교로 돌아왔다.

그때부터 나의 방황은 시작되었다. 대학 진학을 못하고, 군대를 다녀와야 했다.

이후 가족들의 생계를 걱정해야 하는 입장이 되었다. 그런 가운데서도 가끔씩 N양을 생각하였다. 그러면서 세월이 지나고 그녀에 대한 기억을 이제 내 가슴에 묻어야 한다는 생각을 하게 되었다.

내가 오십대 중반이 된 어느 해, 지리산을 등반하면서, H읍 수동을 지나게 되었다. 나는 그녀와의 아름다운 추억을 회상하면서 수동천변을 찾았다. 그러나 그 옛날 우리들이 봄노래를 부르면서 같이 거닐었던 그 파란 잔디밭 둑길은 어디에서도 찾을 수가 없었다. 구불구불 흐르던 시냇물이 그 사이 직강(直江) 공사가 되어 버렸기 때문에서다.

옛 사람들은 산천은 의구(依舊)한데 인걸(人傑)은 간 데 없다고 하였는데, 오늘 내가 찾아온 이곳 수동천변은 산천도 변하고, 그때에 같이 있었던 Y군도 N양도 지금 모두 내 곁에 없다. 그들은 어디서 무엇을 하고 있는지도 모른다. 그 옛날 우리를 반갑게 맞아 주시던 그녀의 어머니는 아직도 그 집에 살고 계실까. 이제는 그녀도 아마 그때의 그 어머니 나이의 여인이 되었을 것이다.

N양과 나와의 이야기는 이것이 전부다. 돌이켜 생각해 보면, 우리는 단 한 마디의 대화도 서로가 나누지 못하였다. 그런데도 나는 지금도 그날의 그녀에 대한 기억을 영 지우지를 못한다. 그녀는 내 가슴에 오래 남아 있을 것이다. 첫사랑의 순정이 이런 것인가도 싶다. 하염없는 사념에 젖은 눈으로 바라보는 먼 산에는 흰 구름만 무심히 떠 흐르고 있다.

이 글을 쓰기 얼마 전에 나는 Y군의 부음을 받았다. 지난날 우리들을 만나도록 주선해 주었고, 우리들의 이 이야기를 엮어주고 간 사람이다. 나는 이제 우리들의 이 이야기를 영 내 가슴에 묻어야 할 것 같다.

깨어진 토기 질그릇

내가 어릴 때 살던 고향집 뒤로 야트막한 재가 마당재다. 마당재 건너편으로는 그리 높지 않은 황토질의 산이 있고, 그 황토산과 마당재 사이에는 완만한 구릉으로 된 초원이었다. 그 구릉의 초원 일대를 우리 동네에서는 가진개(加津介)라 했다. 가진개의 지명(地名)의 어원(語原)이나 유래에 대하여는 나는 아는 바가 없다. 바다나 큰 강에서 멀리 떨어져 있는 이곳에 나루 진(津)자의 글자가 든 지명이 있게 된 데에는 어쩌면 내가 모르는 유래가 있는지는 모르겠다.

가진개는 원래는 넓은 초원이었던 것이 근년에 와서 일부는 밭을 일궈서 작물을 심고, 과수원이 되어 제법 넓게 울타리가 쳐지기도 했다. 그렇게 하고도 원래대로 있는 빈터가 꽤 넓었다. 그 넓은 초원은 소를 풀 먹이러 나온 우리 애들에게는 뛰놀기에 그렇게 좋을 수가 없는 놀이터였다.

그런데 그 초원에서 토기로 만들어진 질그릇들이 여기저기서 나왔다. 그 때 우리 또래의 애들에게는 그것들이 별 쓸모도 없는 보잘것 없는 토기로만 보였다. 그 질그릇들은 풀밭 흙 속에 묻혀 있었다. 우리가 위에서 땅을 굴리면 궁궁 소리가 나는 데가 땅 밑이 비어 있다는 징후다. 파 보면 어떤 곳에서는 넓은 구덩이 안에 수두룩하게 토기로 된 질그릇들이 제법 많이 들어있기도 했다.

애들이 보이는 대로 꺼내어 내동댕이치기도 하고, 좀 단단하고 안 깨어진 놈은 굴리면서 공놀이를 하기도 했다. 딸애들은 그 그릇들을 접시로 소꿉사리를 하였다.

지금 내 기억으로 나는 원래 숫기가 없어서 어릴 때에 그리 난잡스럽게 뛰놀지를 않은 것 같다. 딸애들이 하는 소꿉놀이하는 데 주위를 맴돌면서 깨어진 질그릇을 이(齒)를 맞추어 놀이그릇으로 쓰도록 손을 보아주기도 하면서 딸애들하고 소꿉놀이 장난을 했었던 것 같다. 그 딸애들 중에 내가 좋아한 J도 있었다.

나는 중학교를 다니면서부터 집을 떠나 있게 되었다. 어쩌다 고향 집에 한 번씩 다니러 오기는 해도 그 가진개 초원에서 뛰놀던 어린 시절의 기억은 까마득하게 잊어버렸다. 그러다 보니 내가 마음 속으로 좋아했던 J에 대한 기억도 어느 사이에 잊어버렸다.

내가 군대를 다녀오고 처음 직장생활을 하게 된 얼마 후, 고향을 찾아가다가 J를 우연히 만나게 되었다. 그 때 내가 자란 고향은 남강의 댐 공사로 수몰이 되고 있는 중이었다. 고향 가는 길이 그 전처럼 국도로 차를 타고 가는 것이 아니고, 배편으로 호수를 건너서 가야 했다.

새로 만들어진 호반의 선창가에서 배를 기다리는 동안에 J를 만나게 되었는데, 그 J의 옆에는 말쑥한 차림의 젊은 청년이 동행을 하고 있었다. 그녀가 결혼을 하고 남편과 같이 친정 나들이를 하는 모양이라고 생각되었다. 우리는 서로 눈인사만 하고 말은 건네지 못했다. 그리고 같은 배를 타고 이제 물에 잠기기 시작하는 호수를 건너 고향으로 갔다.

그리고 세월이 많이 지난 어느 해 나는 고향을 다녀오게 되었다. 그 사이에 호수에는 아름다운 교량이 놓이고 호수를 일주하는 도로가 개설이 되어 있었다. 나는 승용차 편으로 내가 어릴 때에 뛰놀던 가진개 쪽으로 새로 나 있는 도로를 따라가다가 놀라운 사실을 알게 되었다.

K대학교 유적 발굴현장이라는 표시를 한 안내판이 세워져 있고, 내가 어릴 때 뛰놀던 그 초원 일대가 선사시대의 유적지로 보존구역이 되어 있었다. 그렇다면 어릴 때에 그렇게 많이 널려 있었던 깨어진 토기 질그릇들이 선사시대의 유물이었다는 말인가!

그 때의 깨어진 토기그릇을 이(齒)를 맞추어 소꿉장난 그릇으로 쓰게 해 주었던 기억과 함께 단발머리의 소꿉장난 시절의 J의 얼굴이 순간 떠오르다가 스쳐 지나갔다.

그리고 바로 얼마 전 내 사무실로 초로의 한 여인이 찾아 왔다. 나는 첫 눈에 J를 알아보았다. 그녀는 고향 사람들을 통하여 그 동안의 내게 대한 이런 저런 일들을 비교적 잘 알고 있었다.

그녀는 처음 결혼에서 실패를 하고. 전처의 자녀가 있는 지금의 남편을 만나 아들 하나를 출산하였다고 한다. 그런데 바로 얼마 전에 그 남편이 갑자기 별세를 하고 얼마 남기지도 않은 유산 관계로 전처의 자녀들과 사이에 원만한 해결이 안 되어서 나를 찾게 되었다는 그 간의 사정 이야기를 했다.

　나는 그녀의 그동안 살아온 이야기를 들으면서, 우리가 어릴 때에 고향 가진개 초원에서 깨어진 토기 질그릇의 이빨을 맞추어 가면서 소꿉놀이하던 옛 생각을 문득 떠올리게 되었다. 그녀는 재혼이라는 깨어진 토기 질그릇에 비유되는 생애의 삶을 살아왔었구나 하는 생각을 하였다. 그러면서 나는 그녀의 남은 여생이 행복하기를 마음 속으로 가만히 빌었다.

고향무정(故鄕無情)

그리 멀지도 않은 고향인데도 벼르고 별러서 찾아가는 길이다. 초등학교 동창들이 다 같이 가기로 하고 날을 잡다 보니, 몇 명 안 되는데도 이런 저런 사정으로 미루어지다가 어렵사리 가게 된 고향길이다.

우리가 졸업을 한 초등학교는 면 소재지의 본교에서 통학거리가 멀어서, 해방 후 분교로 문을 연 학교다. 그런 사정이다 보니 학생 수도 몇 안 되어 졸업생이 그리 많을 수도 없었다. 우리는 승용차 2대에 나누어 타고 출발하였다.

내가 운전중인 승용차 뒷좌석에 타고 있는 여자 동창들은 초등학생 소풍가는 앞날 밤 기분이었다고 하면서, 어떻게나 좋았던지 지난밤에 잠을 설쳤다고들 했다. 나이에 어울리지 않게들 깔깔대고 수다스러웠다. 서로가 오랜만에 만나고, 어릴 때 같이 어울려 놀던 친구들끼리여서 그렇게도 할 이야기도 많고 재미가 있나 하는 생각이 들

게 했다. 한참을 그렇게 조잘대면서 가는가 했더니,

"구름도 우울고 넘는/ 울고 넘는/ 저 산 아래/ 그 옛날 내가 사알던/ 고오햐앙이 이이었건만……."

어느 사이에 구성진 목소리의 고향 찾아가는 노랫소리가 나오고 있다.

우리가 부산을 출발하고 2시간이 좀 지나서 진양호반에 닿았다. 안뜰 산까래라는 정식 지명이 진주시 나동면 내평리라는 곳이다. 이곳은 우리들의 어릴 때에 살던 마동이라는 동네에서 바라보면 지리산에서 발원하여 동네 앞으로 흐르는 덕천강의 강 건너편 마을이 된다.

우리들은 차에서 잠시 내려 이제는 호반이 되어 버린 언덕에 서서 넓은 호수를 바라보았다.

"저기는 까꼬실, 저기가 깨골 바위, 저어기가 돌티미. 샌삐리 동네……."

어릴 때 부르던 동네 이름들을 하나하나 기억해 내었다. 너무나 변해 버린 현실에 실감이 가지 않아서인지 더 할 말을 잊었다.

상전벽해(桑田碧海)가 바로 이런 경우를 두고 한 말이구나 싶다. 지금 우리들이 서서 바라보는 호수는 어릴 때 여름이면 멱감던 덕천강과 진주에서 하동으로 가는 지방 국도인 신작로가 버드나무 가로수로 연결되어 있었다. 그 너머가 우리들이 자란 마동 들녘이었다.

우리는 숙연한 심정으로 호수를 가로 질러 놓인 아름다운 교량 위를 차를 운전해 건너면서 "아! 저기가 정순이 너희 집이 있던 들터 동네가 되겠구나."

일행 중에 하나가 같이 가는 여자 동창을 보고 지금은 푸른 호수에 잠긴 물 위를 가리켰다.

"참 그렇겠다! 저기쯤에 우리 집이 있었다."

그 여자 동창이 감회에 젖어 가만히 대답을 한다. 차가 천천히 가는 동안 이쯤이 우리가 다닌 초등학교 운동장이 되겠다. 여기쯤이 농협 창고가 있던 터가 되겠다. 손으로 파란 호숫물이 출렁대는 물 위를 가리키는 등등하는 동안에 차는 우리들이 자라고 뛰놀던 옛 동네가 있던 언덕에 도착하였다.

그 옛날의 정다운 초가지붕과 우리들의 꿈이 영글었던 골목, 마을 길과 전답들은 다 물에 잠기고, 호수가 내려다보이는 언덕에는 낯선 사람들의 별장인 듯한 빨간 뾰족 지붕의 양옥집 몇 채가 있었다. 그리고 잘 가꾸어진 잔디밭이 고향을 찾아온 우리일행에게 그림처럼 아름다운 처음 와 보는 영 다른 고장으로 느껴지게 하였다.

우리는 어릴 때 태평양전쟁(제 2차 세계대전)과 6·25사변을 겪어야 했다. 그 두 번의 전쟁이 공교롭게도 댐 공사를 시작하려 할 때마다 일어났다. 정부가 다시 남강댐 공사를 착공하려 하자, 이번에도 전쟁을 걱정하는 말들이 있었다. 벌써 40년 여 전의 이야기다.

그 남강댐 공사가 시작되면서, 우리의 부모님들은 조상 대대로 살아온 고향을 등지고 떠나야 했다. 토지보상금 얼마씩을 받아서 손에 쥐고, 낯설은 곳으로 뿔뿔이 헤어진 것이 바로 얼마 전 같은데, 세월이 흘러서 이제 우리가 예순을 넘긴 나이로 오늘 고향을 찾아 온 것이다.

"고향을 찾아와도/ 그리던 고향은 아니로다/ 두견화 피는 언덕에 누워/ 풀피리 마주 불던 내 동무야/ 흰 구름 종달새야/ 그려 보던 청운의 꿈이……"

　우리들은 낯익은 얼굴들이 모두 다 떠나가고 없는 그 옛날에 뛰놀던 호숫가 언덕에 나란히 서서 그리운 고향의 노래를 불렀다. 바람은 지나간 세월을 속삭이기나 하듯 우리들의 귀밑 흰 머리카락을 흩날리게 하였다. 백로가 한가로이 노니는 호수에는 흰 구름만 무심히 떠가고…….

　벼르고 별러서 찾아온 그 옛날 고향의 하루해가 저만치 지는 석양을 뒤로 하고, 우리들은 귀갓길에 올랐다. 돌아오는 차 안에서는 올때와 같은 들뜬 기분은 어디론가 가고, 어릴 때의 아름다운 고향의 꿈을 잃어버린 허전하기만 한 귀갓길이 되었다.

'다시 찾은 나'를 축하하며

이 유 식

(평론가 · 청다한민족문학연구소장 · 덕성여대평생교육원 교수)

성종화 수필가는 나의 진주중 · 고교 동기동창이다. 그는 그 시절에 촉망받던 문학소년이었고 청년이었다.

학교 졸업 후부터는 여러 사정으로 문학과 멀어져 근 50여 년간 아예 인연의 끈을 끊어 왔다.

그런 그가 다시 문학으로 복귀했구나 싶으니 그를 잘 아는 나로서는 그 누구보다도 기뻐하지 않을 수 없다. 먼저 문집《잃어버린 나》의 출간을 진심으로 축하드린다. 그는 이 문집으로 제목이 말하듯 〈잃어버린 나〉에서 결과적으로는 '다시 찾은 나'로서 우리 앞에 다시 선 셈이다.

사실 학생시절의 그의 경력은 아주 화려했다. 지금은 개천예술제라 하지만 그 당시의 영남예술제에서 전국의 내로라하는 학생문사들과 겨루어 당당히 시부 장원을 했고 또 그 이전과 이후에도 여러 청소년 학생잡지에 시를 투고하여 우수작으로 입선되어 상당수의 작품들이 발표되기도 했다. 특히 그 당시 가장 인기 있었던『학원』지에 빈번한 발표가 있었기에 이른바 '학원문단' 의 일원이 되기도 했다.

여기서 '학원문단' 이란 말이 나와서 기억나는 일인데 그 당시 그와 어깨를 겨루고 활동했던 학생시인들은 지금 이름을 대면 모두가 알 수 있는 분들이다. 작고한 유경환을 비롯해 시인 김종원, 이제하, 황동규 등 이름을 대려면 부지기수다. 미루어 보건대 만약 그 당시 그에게도 여러 여건만 허락되었다면 벌써 원로시인이 되어 있을 연조(年條)다.

평소에 나는 이따금씩 그의 이런 점을 무척 애석하게 여기기도 했고 또 안타까워하기도 했다. 사실 그는 고등학교 시절에 문학으로 보면 나보다 훨씬 앞서 있었다. 나는 그저 문학을 좋아해서 뒷전에서 독서만 하고 있던 학생이었는데 어쩌다가 대학시절에 평론가가 되었다.

그 후 교수생활을 하는 중에 마음의 여유도 생겨 간혹 동기생들을 만나는 기회가 있으면 그의 소식을 물어보기도 했고 또 십수 년 전에 쓴 〈나의 문단데뷔 시절〉이란 글에서는 그의 생각이 문득 떠올라 고교시절의 그의 활동을 언급하기도 했다.

이런 그가 늦깎이로 이제는 시는 접어두고 수필 쪽으로 문단에 나왔다.

바로 작년에 다른 사람들과 같이 신인상을 받는 자리에서 주최측에서 마침 나에게 축사 요청이 있기에 감회롭기도 해서 축사 속에 그의 화려했던 학생문사 시절 이야기를 끼워 넣으며 늦었지만 결단의 용기를 격려도 해주었던 일도 있다.

말하자면 그와 나 사이에는 이런 관계들이 있는 만큼 이번에 시문집《잃어버린 나》를 상재하게 되었다며 발문을 맡아주면 좋겠다기에 이렇게 흔쾌히 펜을 들었다.

정리한 출판용 초고를 살펴보니 시 37편과 수필 16편으로 되어 있는데 일종의 종합문집이라 할 수 있다.

먼저 '시부(詩部)편'을 읽어보았다. 발표나 습작 시기는 모두 1953년 그러니까 중3시절부터 고교 졸업해인 1957년도까지이다. 나이로 보면 16세에서부터 20세까지 약 5년간의 작품인 것이다. 발표작이 21편이고 그 외는 미발표의 습작품이다. 발표작은 문예작품 현상공모의 장원작을 비롯해 학생잡지의 입선작 아니면 학생잡지와 동인지 발표작이다. 지면은 『학생계』, 『학생다이제스트』, 『소년세계』, 『희망』 등인데 주로 『학원』지에 많이 발표했다. 앞에서 잠깐 언급했듯이 그래서 그는 그 당시 '학원문단'의 일원이 될 수 있었다.

이런 발표과정에서 좀 특이한 점은 그가 19세 때인 1956년도부터 이후 3년간 그 당시 진주에서 나왔던 성인문학지 『영문(嶺文)』에 시가 매호에 발표된 사실이다. 이는 아마도 개천예술제에 장원한 경력을 인정받아 비록 약관이긴 하지만 기성문인으로 대접해준 특별 배려였지 않았나 싶다.

그럼 이젠 그것이 발표였건 미발표였건 작품에 대한 종합적인 느낌을 말해 보겠다. 사실 나는 고교시절에 그가 조숙한 시재(詩才)를 발휘하고 있구나 정도로만 짐작했지 직접 여러 작품을 읽어보진 못했다. 그런데 이번에 직접 읽어보고 나니 역시 들은 그대로였다. 어떤 작품은 기성시인의 수준이 무색할 정도로구나 싶어 놀라움을 감추지 못했다. 특히 장원작이란 타이틀의 수준도 수준이겠지만 〈자화상〉은 지금 읽어도 기성시인의 수준을 능가할 정도다.

한 마디로 이런 그의 시세계는 맑고 단아하며 티없는 순정의 세계다. 그래서 『학원』지에 발표된 입선작을 두고 선자였던 김용호 시인이 '한 폭의 그림같이 깨끗하고 맑다' 라고 했던 평이 정말 맞는 말이구나 싶다. 자칫하면 자기제어를 하기 힘든 나이라 설익은 추상어의 빈번한 나열이라던가 아니면 정제되지 않은 직접적 감정노출이 있기 십상인데도 그런 점을 잘 극복하고 있다.

이런 그의 시세계는 대충 두 가지로 구분해서 말해 볼 수 있다. 〈선인장〉, 〈허수아비〉, 〈샘물〉, 〈국화〉, 〈수선화〉, 〈탑(塔)〉, 〈절(寺)〉, 〈돌담길〉, 〈들찔레꽃〉, 〈꽃〉, 〈코스모스 밭에서〉 등이 정태적 소재나 사물을 제재로 삼았다면, 〈해동(解冬)〉, 〈봄비〉, 〈오월〉, 〈추석〉, 〈가을이 오면〉, 〈설야(雪夜)〉, 〈동정(冬庭)〉 등은 계절의 추이나 계절적 현상을 제재로 삼고 있는 점이다.

그리고 이런 작품에 투영되어 있는 정서는 서러움, 애틋한 정이나 그리움, 자기성찰이나 다짐 또는 연민의 정들인데 그것이 감상주의적 취향으로 흐르지 않고 마치 한지로 된 창에 비춰져 있는 영상처럼 은은하다. 주변세계와의 불화(不和)쪽이 아니라 교감(交感)에서 감정이입을 통해 자기화 시키고 있다.

비록 이들 작품들이 50여 년 전 말하자면 청소년기의 작품이긴 하지만 지금 와서 읽어도 그 맛이 살아 있다 싶다.

50여 년 전 티 없이 순수했던 우리가 각박한 삶에 부대껴 왔고 또 공해에 찌들고 그리하여 정서마저 고갈되어 있는 지금의 우리에게 이런 시들은 청량제나 아니면 갈증해소의 시원한 한 모금의 샘물이 되리라 본다.

다음, '수필부'를 알아보면 1부 8편, 2부 8편으로 나누어져 있는데 모두 근년 아니면 최근의 작품들이다. 크게 보면 모두 과거 재생적 요소를 띄고 있는데 어떤 일이 계기가 되거나 아니면 현재의 일이 구성적 동기가 되어 과거가 재생되고 있다. 그 시간적 배경은 유소년시절에서부터 중·고교시절에 걸쳐져 있다.

내용상으로 분류해 보면 세 가지로 집약된다. 문학과 관련되어 있는 것, 고향과 관련 있는 것, 중·고교 시절의 이야기다.

이를 잠시 차례대로 간단히 언급해 보기로 하겠다. 본인이 늦게나마 문학을 다시 시작하게 된 사연을 밝히고 있는 〈잃어버린 나를 찾아서〉를 비롯하여 〈자화상〉, 〈탑 이야기〉, 〈추석 이야기〉, 〈작은 인연〉은 이 책의 '시부'에 수록되어 있는 지난 시절의 본인 작품들을 다시 음미해 보며 지난 시절의 자기와 오늘의 자기를 되새겨 보며 느낀 심정을 토로해 보고 있다.

고향과 관련 있는 〈어린 시절〉에는 8살 때 해방이 되자 부모들과 일본에서 귀환동포로 고향으로 돌아와 정착하게 된 이야기가, 〈툇마루〉에는 유소년 시절에 본 툇마루에 얽힌 기억이, 〈처음 저지른 나쁜 짓〉에는 귀퉁이가 찢어져 거의 못쓰게 된 집안의 돈을 슬쩍해 나쁜 일인 줄 알면서도 종이 색칠로 눈가림해서 과자를 사먹었던 이야기가 각각 나온다.

또 〈외갓집으로 보낸 개 이야기〉에는 자기 집에서 기르던 개를 외갓집에 데려다 주면서 일어났던 일과 그 후의 일을, 〈깨어진 토기 질그릇〉에는 어릴 때 뛰놀던 곳이 선사시대 유적지로 지정된 것을 보고 떠오른 옛 추억을, 〈고향무정〉에서는 오래 전에 댐 공사로 호수로 변한 고향땅을 둘러보며 느낀 심사와 옛 기억을 각각 더듬고 있다.

특히 이중에서 〈외갓집으로 보낸 개 이야기〉는 한갓 말 못하는 미물이지만 개와 나 사이에 있었던 끈끈한 정이 매우 사실적으로 드러나 있어 가슴 저미어 오는 슬픔 같은 감동을 느낄 수 있다.

중·고교 시절의 이야기에는 〈친구를 기리며〉, 〈묵은 정〉, 〈그 시절의 펜팔하던 소녀들〉, 〈첫사랑의 추억〉이 있다. 그 대상들은 물론 일찍 저 세상으로 간 가장 절친한 친구, 고교 동기동창생들, 이성에 눈뜰 무렵에 알게 된 펜팔소녀와 첫사랑의 인연을 맺은 여고생이다. 이들 작품들은 우정과 사랑의 실체가 과연 무엇인지를 잠시 생각하게끔 해 주고 있다.

이쯤에서 이젠 우리는 이 문집의 '시부' 와 '수필부' 의 연계성을 쉽게 찾아 볼 수 있다. 그가 학생시인으로 활동했던 지난날의 작품들을 통해서는 '잃어버린 나' 를 다시 찾아본 셈이고, 또 한 편 비록 시는 아니지만 수필가로서 이렇게 수필을 쓰고 있다는 사실은 '잃어버린 나' 에서 '다시 찾은 나' 로 거듭났다는 사실이다.

공교롭게도 '시부' 와 '수필부' 의 시간적 배경이 공통적으로 거의 중·고교시절과 맞물려 있다는 사실도 시를 통해서는 '과거' 의 '잃어버린 나' 를 찾은 셈이 되고 나아가 수필을 통해서는 '현재' 의 '잃어버린 나' 를 찾아보는 노력의 일환이라 할 수 있다. 어쩌면 두 가지 모두가 자기 찾기라는 노력과 연관이 있다.

과거는 누구에게나 소중하다. 아련한 추억이 깃들어 있어 본인이나 독자들에게는 추체험할 수 있는 좋은 계기가 되기도 하고 또 본인으로 보면 오늘의 자기를 성찰해 볼 수 있는 반면(反面) 거울이 될 수도 있기 때문이다.

다시 한 번 이 책의 출간을 축하하며 앞으로는 동창으로서만이 아니라 문학의 길을 같이 걷는 도반(道伴)으로서 우리의 남은 날 끝까지 우정과 문정을 함께 하길 바라는 마음 간절하다.

2008년 8월 말
여름의 끝자락을 보며
대치동 靑多軒에서

성종화 시문집

잃어버린 나

•

지은이 / 성종화
발행인 / 김재엽
펴낸곳 / 한누리미디어
디자인 / 지선숙

•

121-840, 서울시 마포구 서교동 395-13 서원빌딩 2층
전화 / (02)379-4514, 379-4519
Fax / (02)379-4516
E-mail/hannury2003@hanmail.net

•

신고번호 / 제300-2006-61호
등록일 / 1993. 11. 4

•

초판발행일 / 2008년 10월 15일

•

ⓒ 2008 성종화 Printed in KOREA

•

값 8,000원

•

※잘못된 책은 바꿔드립니다.

•

ISBN 978-89-7969-330-0 03810